Rudolf Hagelstange   Es war im Wal zu Askalon

Rudolf Hagelstange

Es war im Wal zu Askalon

Dreikönigslegende

Mit 14 Linolschnitten

von Eduard Prüssen

R. Piper & Co.

ISBN 3-492-01911-0
Titelnummer 1911

Gesetzt aus der Janson-Antiqua
Gesamtherstellung:
Graphische Werkstätten Kösel, Kempten
Printed in Germany

Inhalt

Das Lamm im Wal

Es war im Wal zu Askalon, etwa um die siebente Abendstunde, daß sie – wenigstens die Drei, die angekommen waren – einander ansichtig wurden.

Wie alle besseren Leute hatten sie jeder an einem eigenen Tisch Platz genommen. Aber dann begannen für den Äthiopier und den Mann vom Indus die Verständigungsschwierigkeiten, und Habakuk, der etwa gleich weit entfernt von jedem der beiden saß, horchte und sah auf, als er den Schwarzen in der Sprache der Gebildeten reden hörte. Es war ein drolliges, etwas kehliges Griechisch, das dieser, wie in sanften Stößen, gegen das Ohr des ratlosen Wirtes trieb.

Habakuk stand auf und ging mit kurzbeinigen Schritten, die über ungewöhnlich große Füße liefen, zum Tische des Nachbarn, fragte, ob er helfen dürfe, und weil es ums Essen ging, schlug er vor, gemeinsam mit dem Wirt in die Küche zu gehen und einen Blick in die Töpfe zu tun.

Muhamed, der mit lebhaften Augen und gefurchter Stirn der doppelten Zunge zugehört hatte, in der Habakuk mit ihm und dem Wirt redete, erhob sich zu imponierender, fast athletischer Gestalt und folgte dem vorausgehenden Herbergsvater. Habakuk ging als letzter.

Die drei schritten am Tische Gangulys vorüber, dem sie wie ein dreiarmiger, symmetrisch abgestufter Leuchter erschienen. Lange verharrte der Inder in Gedanken, aber als der Jude und der Schwarze bald darauf zufrieden lächelnd und nun in unverkennbarem Idiom miteinander redend zurückkamen, ging ihm ein Licht auf.

Er strich sich, wie er es vor Entschlüssen meist zu tun pflegte, den schon mit Silberfäden durchwirkten langen Bart, erhob sich und schritt gemessen zum Tisch des Schwarzen, an dem Habakuk inzwischen Platz genommen hatte, legte auf anmutige Art die Hände vor der Brust gegeneinander, neigte den von reichlichem Haarwuchs eingerahmten schmalen Schädel und bat um Verzeihung für seine Existenz. Die Herren sprächen Griechisch, was eine Seltenheit zu sein scheine in Judäa. Sicher seien sie bereit... Und so weiter.

Wenig später hatte Ganguly auf der noch freien dritten Bank Platz genommen, und ein zögerndes, tastendes Gespräch begann. Auch den Mann vom Indus hungerte nach einem stärkenden Abendmahl, und weil Habakuk lebhaft dafür sprach, die gleiche Wahl zu treffen, zu der er auch den Äthiopier überredet hatte, konnte der Wirt seine Kunst auf *ein* Hauptgericht konzentrieren. Bei frisch gegorenem Ziegenkäse und rosenfarbenem Most übten die Drei das unvergleichliche Gespräch, das drei verschiedene Zungen auf eine vierte vereinigt.

Natürlich redete Habakuk am meisten, und nicht nur, weil er landeskundig und in vielem bewandert war, was die Fremden erst zu erfahren und zu erwandern hatten, sondern ein Gelehrter und ein Lehrer dazu, einer, der vieles wußte und alles zu wissen begehrte, ein Kenner der Überlieferung und ein Neugieriger von Natur.

Er kam aus Alexandria, wohin der junge, wegen seiner unbeugsamen Gesinnung und seines religiösen Eifers bald auffallende Lehrer nach etlichen Zusammenstößen mit den römischen Besatzungsbehörden schließlich ausgewandert war – sofern dieses Wort angebracht erscheint.

Denn in dieser bedeutendsten aller Stadtgründungen des großen Makedonen lebten viele Juden: nach Jerusalem besaß die Metropole am Nil die stärkste, reichste und einflußreichste jüdische Gemeinde. Sie lebte zwar nach ihren Gesetzen und hatte sogar einen eigenen Ethnarchen, der Recht sprach nach dem Gebot des Moses, lebte aber keineswegs in einem Ghetto. Hellenische und jüdische Überlieferung durchdrangen einander vielmehr in fruchtbarem Wechselspiel, und in manchen Kreisen gehörten Übertritte zum jüdischen Glauben zu jenen Extravaganzen, die vor allem den Damen der Gesellschaft einen Hauch von Weltläufigkeit verliehen. Auch Habakuk hatte mit seiner Beredsamkeit der jüdischen Gemeinde einige – wie er zu sagen pflegte – solcher Paradiesvögel zugeführt.

Er hatte seine besondere Art zu loben (und vielleicht auch zu tadeln). Er sagte von einem Ding nicht, daß es sehr schön, von einer Sache nicht, daß sie sehr gut sei. Er sagte viel mehr: Das ist *ganz* schön. Oder: Das ist *ganz* gut. So etwa, als wollte er betonen, daß etwas durch und durch gut oder schön sei, nicht nur an der Oberfläche, auf einen flüchtigen Überblick hin, sondern in all seinen Dimensionen gemessen, durchdrungen bis in den innersten Kern von Schönheit oder Güte. Immer wenn er das Wort »ganz« benutzte, war er ganz sicher. Wenn er aber auf eine Frage keine Antwort wußte, sagte er ohne Umschweife, aber mit einem unüberhörbaren Unterton der Betrübnis: Das ist mir unbekannt. Es war dann, als hätte er sich eines Versäumnisses zu zeihen.
Er sprach übrigens von den Dreien das beste Griechisch – was allerdings bei einem gebildeten Kleinasiaten nicht verwunderlich war. Weitaus erstaunlicher war, daß der Inder und Afrikaner sich, wenn auch mit einiger Mühe, in dieser Sprache ausdrücken konnten, in der freilich alle bedeutenden Erkenntnisse und Einsichten für die nach ihnen Dürstenden erreichbar waren. Aber noch ehe alles zunächst Wissenswerte erklärt und beredet war, nahte schon der Wirt mit zwei Gehilfen und brachte, auf was sich die Reisenden geeinigt hatten: das mit Salbei und Thymian, Basilikum, Lorbeer, Nelken und Knoblauch gewürzte junge Lamm. Es war am Spieß gebraten und rundherum von saftiger, eben knuspri-

ger Bräune. Weißes Brot wurde dazu gereicht und eine Schale mit blauen Feigen, die rubinrot leuchteten, wenn das Messer sie teilte.

Habakuk zupfte mit Daumen und Zeigefinger einen Fetzen von der untersten Rippe, blies wie ein lautloser Flötenmund darüber hin und führte ihn dann zum Mund.

»Es ist *ganz* zart ...« sagte er, bedächtig mit dem Kopf nickend. »Nehmet und esset.«

Eine Katze und andere Tiere

Dies war der Augenblick, da Muhameds Kätzchen sich aufgerufen fühlte, die Umwelt von seiner Anwesenheit zu unterrichten. Diese nahm unter dem Geräusch der schneidenden Messer, dem stumpfen Ton des Zinngeschirrs zwar noch nicht wahr, daß Cleo an der Innenwand des geflochtenen Reisekörbchens zweimal kurz ihre Krallen schliff, ehe sie mit der rechten Pfote die nur angelehnte Gattertür öffnete, um sich, ins Freie gelangt, mit gespreizten, in sich leicht atmenden Pfoten auf Katzenart zu strekken und zu gähnen. Aber die weiche, schwarze Geschmeidigkeit war nicht mehr zu übersehen, die plötzlich auf Muhameds hellgelbem Reisekleid landete, die Bahn ihres Sprungs wie eine unsichtbare Girlande hinter sich her schwingend. Aus goldenen Katzenaugen sah die listigste Unschuld in erstaunte Menschenaugen.

»Eine Katze ...« sagte Ganguly erstaunt.

»Eine *ganz* schöne Katze«, verbesserte Habakuk.

»Meine Katze«, sagte Muhamed und legte zärtlich die gewölbte Linke auf das sich anschmiegende Köpfchen, strich ihr über die nachgebenden Schultern, das ausweichende Rückgrat, griff und bremste die sprungwilligen Hüften, fuhr wieder zur lauernden Stirn und bändigte das freßlustige Tierchen, unverständliche, aber zweifellos liebevolle Worte flüsternd, die stumm, aber nicht minder zärtlich erwidert wurden.

Der Inder blickte ein wenig befremdet, während er sich seinen Teil vom Fleische schnitt. Aber Habakuks Augen strahlten reines Wohlwollen aus.

»Das sind die schönsten aller Tiere«, sagte er langsam und nahm auch sich vom jungen Lamm.

Muhamed hielt das Kätzchen mit aufgespreizten Fingern am Hals und erwiderte lächelnd den Aufblick der kleinen Kreatur, die mit ihrer Flanke gegen seinen Bauch drängte.

»Ich ersetze ihr die Mutter«, sagte er entschuldigend, bugsierte das Kätzchen sacht in das Körbchen zurück, schnitt sich ein großes Stück vom Lamm und ein winziges dazu, das er auf den Tellerrand legte. Er reise seit vier Monaten mit dem eben entwöhnten Tierchen, dessen Mutter ein tollwütiger Hund gerissen habe. »Wir sind unzertrennlich ...«, schloß er leise und schob sich einen saftigen Brocken zwischen die Zähne, um der eigenen Rührung zu entgehen. Und während sie schweigend aßen, nahm er das kleine Stück vom Tellerrand und steckte es verstohlen durch die Gatterstäbe dem lüsternen Kätzchen zu.

Daß jeder an einem Fluß geboren war, hatten sie schon vor dem Mahl einander mitgeteilt. Freilich wußte weder der Mann vom Indus noch der vom blauen Nil, ein wie bescheidenes Flüßchen der Jor-

dan war, den Habakuk als das Wasser seiner Kindheit gerühmt hatte. Nur daß unter seinem kahlen Schädel, den ein dünner Haarkranz säumte, viele hochherzige und tiefspürende Gedanken wohnten, hatten sie bald erkannt. Jetzt aber, da die hungrigen Leiber ihr Recht erhielten, verlangte auch der Geist mehr vom anderen zu erfahren als das nackte Woher des Leibes.

Habakuk reiste mit einer Eselin. Er war klein von Gestalt, fast zierlich – wären da nicht die großen Füße gewesen, die ihm den Anschein von Verläßlichkeit gaben.

»Mein Weg ist entweder so weit,« hatte er listig lächelnd gesagt, »daß hundert Adler ihn nicht erfliegen, oder so nah, daß ich ihn zu Fuß erwandern kann. Um die Mitte zwischen den beiden zu halten, habe ich meine Eselin mitgenommen.«

Habakuk würzte seine Reden und Beweisführungen gern mit solchen Überspitzungen und Antithesen. Als nach dem Hauptmahl noch eine sehr schmackhafte, gekühlte Fruchtsuppe gereicht wurde und der Inder auf seinem Teller ein Haar entdeckte, das er mit dem Anflug von Widerwillen herausfischte und ans Licht hob, nahm der Jude ihm lächelnd das Haar aus den spitzen Fingern und sagte: »Das muß man abzuschätzen wissen, lieber Ganguly. Stellt Euch die Frage: Was ist wichtiger – das Haar oder die Suppe?« Und der Inder nahm schweigend den Löffel auf und wandte sich seinem Teller zu.

»Sie ist wirklich sehr gut«, sagte er nach dem fünften oder sechsten Löffel, und Habakuk nickte befriedigt und bestätigte: »Ja, sie ist *ganz* gut.«
Daß Ganguly der Älteste und nach Haltung und Benehmen der Würdigste und Ansehnlichste von den Dreien war, muß nicht mehr betont werden. Auch wenn das schöne und gepflegte Haar und zumal der Bart vieles verdeckten, verrieten Miene und Stirn jedem Menschenkenner die Spuren, die auf ein langes, an mitleidender Erfahrung und bewußter Askese reiches Leben schließen ließen.
Auch auf dieser Reise schienen ihn Prüfungen genug versucht zu haben, hatte er doch bereits verlauten lassen, daß Krankheit und Mißgeschick ihm einen Treiber und zwei Kamele geraubt hatten. Nun reiste er mit den zwei verbliebenen und einem jungen Mann, der bei den Tieren schlief.
Muhamed dagegen hatte alle, die mit ihm aufgebrochen waren, gesund bis Judäa gebracht. Er hatte keine Zahl genannt. Aber ihm gehörten die beiden Zelte auf dem großen Innenhof, und die drei Hälse von Kamelen oder Dromedaren, welche sie überragten, gaben ganz gewiß nicht das ungeduldige, unwillige Schnauben von sich, das den immer mehr in sich sinkenden Abend von Zeit zu Zeit leise erbeben ließ. Es kam von einem dunkelbraunen Araberhengst, von dem Habakuk später sagte, er sei das herrlichste Pferd, das er je in seinem Leben gesehen, und beinahe so schön wie des Schwarzen Kätzchen.

Das aber sei *ganz* schön.
Ach, Habakuk hatte großes Wohlgefallen an diesem Afrikaner, und er verbarg es nicht. Er selbst besaß eine Seele ohne Neid; ihn hungerte es nicht nach Besitz oder Vorteil, sondern nach Bewunderung. Diesen Afrikaner also meinte er mit Vorrang, als er, Hände und Gesicht nach dem Mahl mit dem gereichten heißnassen Tuch feuchtend, in großer Aufgeräumtheit sagte:
»Und nun, meine Freunde, laßt mich wissen, welchen Zielen euer Reisen zustrebt. Was trieb euch in dieses karge Land meiner Väter, von dem der Prophet Jesaja gesagt hat: Ein Ochse kennt seinen Herrn und ein Esel die Krippe seines Herrn. Israel aber kennt ihn nicht, und mein Volk vernimmt ihn nicht ...?«
Er sah Muhamed an, und der nahm den letzten Bissen vom Teller, reichte ihn zielbewußt unter den Tisch ins Dunkle, wo zwei Bernsteinäuglein funkelten, wischte sich die Hände und begann zu sprechen.

Des Menschen Glaube

»Ich bin einer von vier Söhnen, die mein Vater mit einer Ägypterin gezeugt hat. Meine Brüder sind Stammesfürsten gleich mir, aber da ich der Älteste bin, nahm ich mir das Recht, die Wissenschaften der Medizin zu studieren und ein Heilkundiger zu werden. Aber dann hat es mich getrieben, von den Gebrechen der Einzelnen abzulassen und mich zu kümmern um die große Krankheit der Welt und die Mittel, von denen Heilung kommen könnte für die Vielen. Darüber habe ich meine Augen zu den Gestirnen erhoben und die Sterndeuter meines Landes um Rat und Weisung befragt, bis mir alle ihr Wissen und Meinen mitgeteilt hatten und die Bilder des Himmels mir vertraut waren wie die dieser Erde.«

Er nahm einen Schluck, tat einen Griff unter den Tisch und hob das Kätzchen auf den Schoß, das sich zweimal um sich selbst drehte, bis es, sanft schnurrend, sich niederließ, und fuhr fort:

»Es ist eine geheimnisvolle Ordnung in der Sternenwelt, die wir nicht durchschauen. Aber ein Teil unseres Wesens ist dieser Ordnung, dieser Kraft verhaftet. Der Augenblick, da wir gezeugt werden, wirkt auf unsere künftige Gestalt, und die Sternbilder, die über unserer Geburt stehen, weisen unserem Schicksal den Weg. Wir können ihn annehmen wie einen

Wind und unser Segel in seine Richtung stellen – das ist das Vernünftigste und Gefahrloseste. Wir können aber auch gegen diesen Wind ankreuzen und in mühsamer Fahrt unserer Bestimmung widerstreben. Am Ende werden wir den Willen des Schicksals erfüllen müssen, wie immer wir uns auch verhielten. Das ist meine Erfahrung und mein Glaube.«

Er fuhr noch einmal behutsam mit der Hand über das Fell seiner Cleo. Aber da das Tier eingeschlafen war, ließ er die Hand ruhen und das Kätzchen auch.

»Und diese Reise«, fragte Habakuk gespannt, »ist sie eine Reise, die dem Schicksal gemäß ist, oder ist sie ein Versuch, gegen den Wind anzukreuzen?«

Muhamed schürzte die Lippen und wiegte den Kopf. Schließlich sagte er: »Alle, die mich kennen – Freunde, Brüder, mein alter Vater –, haben mir von dieser Reise abgeraten und sie ein sinnloses Abenteuer genannt. Aber ich selbst bin des Glaubens, daß sie mich an das Ziel meines Lebens führen wird. Ich habe drei Söhne und eine Frau zurückgelassen und meinen Besitz dazu, um die Probe auf das Exempel zu machen. Wenn ich irre ging, will ich meinen hohen Mut zu Recht Hochmut nennen lassen. Aber noch bin ich hoffnungsvoll.« Leise schloß er, mit einer hauchfeinen Bewegung sein Tierchen streichelnd, an:

»Große Dinge kommen auf uns zu. Neue Götter sind auf dem Weg!« Er hob die drei Finger der rech-

ten Hand, als könnte er dies auf seinen Eid nehmen.
»Da will ich nicht widersprechen«, meinte Habakuk. »Auch wenn ich meine, *ein* neuer Gott würde genug sein. Aber ihr Afrikaner haltet es da wohl mit den Griechen und Römern, die den Himmel Judas bevölkern möchten. Vielleicht, weil sie dann unsere Erde besser plündern können...«, schloß er verschmitzt an und wandte sich Ganguly zu: »Oder sollte euch der große Alexander anstelle von griechischen Göttern und Halbgöttern nur menschliche Halbgriechen hinterlassen haben?«
Die Beiden sahen ihn fragend an. Wohlmeinend fügte er hinzu: »Daß ihr mich nicht mißversteht, meine Freunde: Ich bewundere die Griechen. Einmal, weil sie der kriegerischen Macht endlich entsagt haben. Zum zweiten, weil sie Meister waren in der Kunst, Götter zu Menschen und Menschen zu Göttern zu machen. Ich fürchte, daß diese Kunst auszusterben beginnt. Wir tun einiges im schönen Alexandria, um das Beste, was von den Griechen auf uns gekommen ist, nicht verderben zu lassen. Wie aber steht es bei euch im großen Asien, Ganguly? Gebt uns Kunde von den Wassern, mit denen man am Indus gewaschen wird!«
Worauf der Inder den schönen Bart strich, um dann mit den feingliedrigen Händen kurz die Nasenflügel zu massieren, die kaum merklich vibrierten.
»Rede, Herr! Dein Knecht höret!« sagte Habakuk aufmunternd.

Und in leise singendem Baß hob Ganguly an:
»Wenn ich die Tage zähle, die ich nun auf der Reise bin, so werden es bald so viele sein, wie der Mensch im Mutterleib zubringt, ehe er das Licht der Welt erblickt. Das sind dunkle Tage, und auch meine Reisetage waren mehr dunkel als hell. Ich habe manche Nacht mit den Dämonen gerungen, die mich zur Umkehr überreden wollten. Aber mein Sinn ist fest geblieben und mein Diener treu. Ich kenne nur noch einen Weg, und den gedenke ich bis ans Ziel zu gehen – wie Muhamed. Aber auf mich warten kein Vater, keine Frau, keine Kinder und Brüder, kein Haus, kein Stamm, kein Land. Ich habe seit mehr als fünfzig Jahren in einer Gemeinschaft mit frommen Männern gelebt, zu denen ich als Kind gegeben wurde, damit ich ein Weiser würde, ein Führer den Menschen – ohne Schwert und Macht.«
Er lächelte abwesend, so als hätte ihn die Vergangenheit wieder, und fuhr dann fort:
»Ich habe gefastet, gelernt, gebetet, meditiert – mein Leben lang. Da ist kaum ein Handwerk, das man mich nicht gelehrt hätte, kaum eine Sprache oder Schrift, in denen ich mich nicht versucht hätte – soweit wir sie kannten und übten. Ich kann Brot bakken, einen Tisch zimmern, eine Decke weben, ein Gespann führen. Ich habe Krankheit gelitten und geheilt, Astronomie und Astrologie betrieben, das Spiel mit den Zahlen, den Klängen, den Farben. Ich habe auch etliche Reisen unternommen. Aber – man

muß nicht in fremde Länder reisen, um den Menschen kennen zu lernen, so viel Gewinn das Reisen immer abwerfen mag ...
Je älter ich wurde, desto weniger hat mich nach Äußerlichkeit und Neuheit verlangt. Die Menschen sind einander sehr ähnlich, ob sie in den Flußniederungen wohnen oder im Gebirge. Nicht das Wesen unterscheidet sie, sondern die Gewohnheit. Die Steppe macht melancholisch, das Meer weckt Fernweh, in den Gebirgstälern staut sich der Jähzorn. Die Hitze macht träge, die Kälte beweglich. Der Regen macht erfinderisch. Die Sonne stimmt genügsam. Der Zorn ist kein Ratgeber, der Haß kein Friedenstifter. Das Recht stirbt an der Gewalt, die Liebe an der Eifersucht. Gibt es aber einen größeren Sieg als den über sich selbst? Gibt es größeren Ruhm als den Verzicht?«
Ganguly sprach die letzten Sätze langsam und leise. Er wandte sein Haupt zu Habakuk, und seine braunen Augen blickten dabei wie die eines ausweglos umstellten Tieres.
Eine Weile herrschte Schweigen. Schließlich fragte Muhamed: »Warum, wenn du so weise bist, bist du nicht glücklich?«
Ganguly hob verweisend die Rechte.
»Das Ende der Weisheit ist nicht das Glück, sondern das Wissen um das verborgenste Unglück dieser Welt. Nur der Nichtwissende kann glücklich sein.«
»Dann wäre Glück«, fragte Habakuk stirnrunzelnd,

»gleichzusetzen mit Nichtwissen?! Wie könnte dann meinesgleichen je glücklich sein?«

Ganguly lächelte.

»Glücklich?« sprach er versonnen. »Glücklich warst du im Leibe deiner Mutter, und glücklich wirst du wieder sein im Leibe der Erde.«

»Und was soll ich jetzt sein?« fragte Habakuk, leise erbost.

»Sei, der du bist: ein leidender Mensch!« erwiderte Ganguly. »Warum wolltet ihr euch wehren gegen das Leiden, das ihr am Leiden des anderen habt? Der Wissende ist zum Mitleid berufen, und nur der wahrhaft mit den anderen Leidende verdient es, ein Weiser genannt zu werden.«

»Wie schade«, sagte Habakuk trocken, »daß ich doch zuweilen so dumm bin, mich mit anderen der schönen Welt zu freuen!«

Ganguly schüttelte energisch den Kopf.

»Nein!« sagte er entschieden. »Freue dich nur, Habakuk, freue dich! Denn nichts ist köstlicher als Freude auf dem Grunde des Leidens. Ohne Leiden und Mitleiden kann es auf dieser Erde keine wahrhaft empfundene Freude, keinen Aufschwung der Herzen und Seelen geben! Denn seht, meine Freunde: Was gilt eine Sonne am ewig wolkenlosen Himmel? Wer nimmt sie noch wahr? – Aber wenn die Wolken jagen und Regen die Erde peitscht und keiner seine Nase vor das Haus zu stecken wagt... und plötzlich bricht aus dem Gewölk das blendende

Licht: da lodert die Welt und flammt unterm Himmel, die Winde ziehen den Schwanz ein, und alle die zahllosen geblümten und gefiederten Wesen recken und strecken sich unter dem Anhauch der Sonne! Begreift ihr nicht, daß unsere Freude aus dem Leid erwächst, das Hell aus dem Dunkel?«

Der Kelte aus der Nässe

So ähnlich mag wohl auch der vierte die Welt gesehen haben, der nie ankam, aber dennoch aufbrach. Ein Sonderling unter Sonderlingen. Ein Spökenkieker und Herumtreiber, den es nicht mehr hielt auf der großen Insel, weil er größeres Land witterte hinter den grünen Hecken und dem gelben Ginster, über die der Regen strich und die Sonne huschte, der Regen huschte, die Sonne strich.
Er würde möglicherweise zu spät kommen, und niemand würde Notiz davon nehmen. Vielleicht würde er auch überhaupt nie ankommen. Konnte er das wissen? Und selbst wenn er es gewußt hätte – er wäre dennoch aufgebrochen. Nicht weil er zu spät kommen wollte, sondern weil es sein Los war, anders zu sein als die anderen.
Wolken und manchmal Licht, milde, sanft strömende See und leicht stockiges Blut, Blaugrünes und weiße Kämme, feuchte Kälte und selten Wärme, Felsen, aber nie Schnee, Sand, aber wenig Sonne – ein Land zum Auswandern, wenn man es nicht liebhatte. Ein Land zum Liebhaben, so sehr, daß man vielleicht auswandern mußte, um zu begreifen, wie sehr man es lieb hatte.
Einer von den Ungekrönten, die seit eh und je umherzogen, Könige ohne Land, gekrönte Bettler.

Überall war Weide. Immer wieder Meer. Ein Gürtel von Meer hielt das grüne Land. Vaterland der Zukurzgekommenen und der Weitsichtigen, der Narren und Weisen, der Hochtrabenden und der Tiefsinnigen! Leuchtturm und Scheiterklippe. Aber auch hier schienen nachts die Sterne, alte und neue. –

Die Überfahrt, wörtlich genommen, war zum Kotzen.

Aber es ging nicht um Nautik! Diesmal nicht! Es ging um diese verrückte Konstellation. Kon - stella - tion, wie stella maris zum Beispiel. Navigare necesse est. Nur Insulaner erfahren die Welt.

Er hieß Kolonat, war an die Fünfzig und überließ es dem Zufall, wie er später weiterreisen würde. Er wußte nur, daß etwas in der Luft lag und daß diese beklemmend unternehmenden und ordnungliebenden Römer ihm irgendwie weiterhelfen würden. Wahrscheinlich saßen sie überall, möglicherweise sogar auf irgendwelchen Sternen. Wenn man ihre Sprache leidlich sprach und verstand, würde man eines Tages landen, wohin es einen rief.

Aber wohin rief es ihn? Und wer oder was rief diesen selbst unter Sonderlingen als Sonderling geltenden Kolonat auf die Wanderschaft?

Der Durst.

Ein Durst nach mehr Licht, Wärme, Erwärmung, Erweiterung, Erheiterung. Er hatte, als jüngstes von sieben oder neun oder elf Kindern aufgewachsen,

aus vielen Töpfen die Reste gelöffelt, große, abstehende Ohren bekommen durch handgreifliche Belehrung, gewisse Fingerfertigkeiten erworben in keramischer Verzierung, Bernsteinhandel getrieben – zuerst mit Steinen, später mit Ketten –, dann eine Pferdezucht versucht mit seinem späteren Schwiegervater, dann das Zusammenleben mit einer Frau und drei Kindern ... aber ihm hatte das nicht gelegen, dieses ewige Herumglucken in Haufen, Kinderhintern ausputzen und Töpfe füllen. Er hatte Durst nach etwas Höherem gespürt. Und als die Frau, die immer dicker wurde, eines Tages an einer Fischgräte erstickt war, atmete er heimlich auf.
Da manche von der Wiederkehr der Toten redeten, hatte er sie verbrannt, was ein schweres Stück Arbeit war, und den Rest und die drei Kinder zu seiner älteren Schwester gebracht, die über ein paar Fehlgeburten nicht hinausgekommen war, hatte ihr die gute Hälfte seiner toten Habe gegeben und war mit den beiden struppigen Pferden und dem einachsigen Scheibenradwägelchen allein losgezogen, immer seinem Durst nach, der höher und höher zielte. Dabei war er auf diese Fremden, die Römer, gestoßen, die für anstellige Leute dankbar waren, hatte sich eine Zeit bei ihnen verdingt, neue Gerätschaften und Fertigkeiten kennengelernt, seine Segelkünste verbessert und mehr und leichter Fische fangen gelernt. Auch mehr und mehr Worte für den Umgang und das Verständnis der Dinge waren ihm zugefallen.

Die Römer besaßen bessere Pfeilspitzen und Angelhaken, leichtere Jagdspieße, verfügten über eine umfassende Heilkunde, eine größere Anzahl von Gottheiten.
Nicht zuletzt aber verstanden sie sich darauf, ihren Speisen ungewohnten Geschmack und Gaumenreiz zu verleihen, und tranken Getränke, die auf einmalige Weise anregend und sinnverwirrend zugleich schienen.
Dies alles hatte Kolonats Bewunderung geweckt. Und als er, diesseits der graugrünen See angekommen, wahrnahm, daß alles daheim Erfahrene nur ein Vorgeschmack gewesen war, eine Kostprobe, und daß man Vögeln das Fliegen ab- und das Eierlegen angewöhnen kann, daß die Milch um so schmackhafter ist, je saurer sie wird, daß man aus gewissen Fruchtdolden ein Getränk pressen konnte, das – ausgegoren – ein ungeahntes Lebensgefühl vermittelt ... da beschloß er, nicht nachzulassen in diesem rätselhaften Drang, dem Licht nachzugehen, das um so wärmer auf ihn zukam, je mehr er sich südlich bewegte.
Und weil er, wenn er sich tags versäumte, auch gelegentlich nachts marschierte, und der Himmel hier tiefer auf die Erde herabzuhängen schien als daheim, und er sich ohnedies oft mit den Sternen zudecken mußte, listete er dem Himmel Geheimnisse ab, wie sie sich sonst nur Gelehrten preisgeben, wie Muhamed einer war, Ganguly oder Habakuk.

Sterngucker

Dabei zählte Habakuk wahrscheinlich zu jenen Gelehrten, die manche Gelehrte gar nicht zu den Gelehrten zählen, weil sie sich mit zu vielen Erscheinungen beschäftigen, die weder berechenbar noch beweisbar zu sein scheinen. Aber da man wohl weiß, daß man im Quellwasser den Regen mittrinkt, der gestern gefallen ist, und daß es in der Wüste deshalb so selten regnet, weil die trockene Erde so wenig Feuchtigkeit zum Himmel schickt, ist es ziemlich einfältig, hinter ausgesprochenen Worten keine Gedanken und über der sichtbaren Natur keine Übernatur zu vermuten.

Habakuk, einziges spätes Kind aus der Ehe eines Handwerksmeisters, dem mit dem Namen des Propheten alle Hoffnungen der Eltern mitgegeben waren, hatte in seinem Heimatdorf am Jordan als Lehrer angefangen, der die Kinder das Schreiben lehrte, also gewissermaßen an der Quelle. Aber über diese Arbeit war ihm der Rundlauf des Wassers deutlich geworden: er hatte über das Schreiben auch die Heilige Schrift, über die Buchstaben auch den Geist und Sinn eines Textes entdecken und schmecken gelernt.

Darüber war aus dem Schreiblehrer ein Schriftlehrer geworden, um so mehr, als die unbarmherzigen Zeitläufte ihn schon früh vom Jordan an das Nildelta verschlagen hatten. Und weil der Aufenthalt in der Fremde die Sinne für den Wert der Eigenen schärft, war aus dem Schriftlehrer allmählich ein Schriftgelehrter geworden, der Antwort auf viele Fragen wußte.

Darum legte er die kleine, kurzfingerige Hand gutmütig auf die schmale, lange des Inders, hielt sie fest, so daß sie sich nicht bewegen konnte, und sagte eindringlich:

»Freilich, freilich, mein guter Schlechtwetterprophet, macht die Sonne eine besonders gute Figur, wenn sie durch dunkle Wolken bricht. Aber nicht das Mitleid ist der Weisheit letzter Schluß, sondern das Handeln. Höre unseren Propheten Jesaja und lebe nach seinen Worten: Lernt Gutes tun, trachtet nach Gerechtigkeit, helfet den Unterdrückten, schaffet den Waisen Recht, führet der Witwe Sache! Man hat Maulbeerbäume abgehauen? – So wollen wir Zedern an die Stelle setzen!«

Seine wasserblauen Augen blitzten, und seine kleine runde Faust schlug auf den Tisch, daß die Becher bebten. Und sogleich fuhr er fort: »Auch ich kenne meine Klagelieder und habe sie fünfundzwanzig Jahre gesungen: Er hat mich gehen lassen in die Finsternis und mir Fleisch und Haut alt gemacht. Er hat mich mit Bitterkeit gesättigt und mit Wermut getränkt. Aber hat Jesaja nicht gesagt: Meine Hand hat die Völker gefunden wie ein Vogelnest, so daß

ich alle Lande zusammen gerafft habe, die verloren sind, da keines eine Feder regt oder den Schnabel aufsperrt oder zischt?«
Habakuk duckte sich plötzlich und sah Ganguly von unten an.
»Zische doch!« sagte er leise. »Zischen sollst du!«
Aber zur gleichen Zeit streichelte er ihm die Hand, als wolle er Abbitte leisten für seine Herausforderung.
»Friede sei mit uns«, sagte Muhamed leise. »Friede sei mit uns ...« Sie sahen einander an, alle drei, nickten und lächelten.
Dann behauptete Muhamed, nach den Sternen sehen zu müssen, was an sich eine Redensart ist für jedermann, der getrunken hat und dafür seinen Zoll abgeben muß. Aber wiewohl jeder sich zollpflichtig fühlte – keiner nahm dies nur als Redensart. Einer ging nach dem anderen, von den neugierigen Blicken der Gäste gemustert, hinaus in die Nacht, die mit Sternen übersät war.
Aber dann sah Ganguly nach seinen beiden Kamelen, Habakuk nach seiner Eselin, Muhamed nach seinen drei Dromedaren und seinem Araberhengst, und sie stießen im Hof wieder zueinander wie Moleküle, die zusammengehören, und einer von ihnen – niemand konnte hernach sagen, wer es gewesen war – sagte plötzlich:
»Da ist er, der Stern!«
Und zeigte in die Richtung, in die jeder der anderen

zwei bereits geäugt hatte.
»Der Stern ...?«
»Er ist es ...«
»Ich sehe ihn ...!«
»Mein Stern ...«
»Das ist er ...!«
»Der neue Stern!«
»Wie er strahlt!«
»Mein Stern ...«
»Er ist es ...«
In diesem Augenblick, der vielleicht zwanzig oder dreißig Herzschläge zählte, sprach keiner mehr Griechisch, sondern jeder stieß die paar Worte, die er sagen mußte, in seiner Muttersprache hervor. Aber ein jeder ahnte, fühlte, wußte, was der andere da mitsprach – sie sahen, dachten, entbrannten in eine Richtung.
Die Nacht war dunkel, aber die Sterne funkelten. Keiner sah des anderen Auge, aber er traf es da oben wieder. Es gibt viele Sterne, die stürzen. Neu aufsteigende aber ...
Es war Habakuk, der die gemeinsame Sprache wiederfand – er stand zwischen den beiden Großen und griff die Linke Gangulys und die Rechte Muhameds und sagte hingerissen: »Unser Stern.«
Dann leise: »Er leuchtet *ganz* hell.«
Und dann fügte er fest und feierlich, und es klang wie ein fernes Echo, das Wort des Jesaja in der Sprache der Väter an:

»Und das Licht Israels wird ein Feuer sein, und sein Heiliger wird eine Flamme sein, und sie wird seine Dornen und Hecken anzünden und verzehren auf einen Tag!«

Freunde

Als sie wieder drinnen am Tisch saßen, war vieles verändert. Eine neue Vertrautheit, Vertraulichkeit war zwischen ihnen – es war, wie es zwischen Frauen sein mag, die ein Kind erwarten: jede hat ihr Geheimnis vor der anderen verborgen gehalten. Und mit einem Mal ist das verlegen gehütete Geheimnis gemeinsamer Besitz, geteilte Freude. Und nun beginnt der Austausch der Erfahrungen und Beobachtungen.

Jeder hatte zwar verraten, beiläufig, daß er sich mit Himmelskunde und Sterndeutung befaßt hatte; aber es war gewesen, als ob er von Dingen spräche, die man zwar gelegentlich tue, aber nicht groß berede. Heilkunde, Sprachen, Mathematik, Religionen, Kunstfertigkeiten, Handwerk – das waren für jedermann ernstzunehmende Themen und Bereiche. Aber daß reife und erfahrene Männer, Gelehrte und Menschenführer, sich auf eine beschwerliche, in der Dauer kaum zu bestimmende, in ihrem Zielpunkt höchst ungewisse Reise machten wegen eines neu aus der Weltnacht aufgetauchten Sternes – das muß man nicht jedermann gleich auf die Nase binden.

Aber nun waren aus Geheimniskrämern auf einmal erleuchtete und berufene Geheimnisträger gewor-

den; ein geweihtes und eingeweihtes Triumvirat saß zu Tisch und besprach die Lage.
Was sie bis zu diesem Tag, ein jeder für sich, erfahren, erspürt, erlebt hatten, hatte sie einander nahe gebracht – ohne daß sie davon gewußt hätten. Nun jedoch waren drei Wege in einen gemündet, und von nun an, wenn das Ziel erreicht werden wollte, gab es nur gemeinsamen Weg, gemeinsames Handeln.
Natürlich war da manches zu berichten, vor allem aus den Entdeckungswochen, als das Fragen ins Horchen, In-sich-Hineinhorchen und dieses schließlich in den Anruf umgeschlagen war, die nie mehr verstummende Stimme:
Geh, brich auf, suche!
Am offensten für diesen Anruf war Habakuk gewesen – das war unzweifelhaft. Er lebte im Exil. Er lebte in der Erwartung, in der messianischen Sehnsucht. Er lebte so sehr in ihr, und das heißt: in seinen Büchern, daß er darüber das Zeichen selbst fast nicht wahrgenommen hätte.
Habakuk war von den Dreien auch der am wenigsten passionierte Astronom. Aber als er das neue Himmelszeichen entdeckte, da gab es kein Halten und Säumen. Und weil er viele Texte der Seher und Propheten seines Volkes beinahe auswendig kannte, waren ihm nie Zweifel gekommen wie Ganguly.
Der sprach jetzt am wenigsten und hatte wohl auch am wenigsten von faßlichen und aufzählbaren Din-

gen zu berichten. Obwohl er wunderschöne, seelenvolle Augen hatte – am hellsten leuchtete und sah wohl sein inneres Auge. Er hatte kein Zeugnis auf der Hand wie Habakuk und ging, als er aufbrach, in die Fremde. Er verfügte auch nicht, wie Muhamed, über Macht, Vermögen, Einfluß. Er war der große Verzichtende, der Mitleidende von seiner Natur her, der Weise aus dem Geiste der Armut.

Habakuk sprach es nicht aus, aber er dachte der Worte Jesajas und war im Innersten davon ergriffen:

»Und er wird ein Panier aufrichten, fern unter den Heiden, und dieselben locken vom Ende der Erde. Und siehe, eilends und schnell kommen sie daher.«

Ein wenig reute es ihn, den Eiferer hervorgekehrt zu haben vorhin. Darum erwies er Ganguly unauffällig Respekt, schenkte ihm zuerst ein, sagte beiläufig, aber mit unverhohlener Wärme: »Er hatte den weitesten Weg.« Oder: »Er war der erste von uns, der aufbrach.«

Und Ganguly spürte es und war dankbar dafür. Ihm war, als hätte er sein Ziel fast erreicht.

Am glücklichsten aber schien der Schwarze. Er hatte sein Kätzchen in der Armbeuge, wo es zufrieden schnurrte, die eine der Pfoten in anmutsvoller Strekkung gegen den freiliegenden Handknöchel Muhameds gestemmt, der sich erheiterte in der Vorstellung, eines nicht fernen Tages erhobenen Hauptes zurückkehren zu können zu allen den Zweiflern und

Schwarzsehern, die seinem Stern nicht vertraut hatten.

Und Habakuk freute sich mit ihm und freute sich doppelt, als ihm die Geschichte von Ebed-Melech, dem Mohren, einfiel, der dem König ins Gewissen geredet hatte, weil der den Propheten Jeremias in die Grube hatte werfen lassen. Er mußte es Muhamed erzählen. »Da war ein Kämmerer in des Königs Haus, mußt du wissen...«, sagte er mit schon ein wenig vom Wein schwerer Zunge. »Aber ein mutiger Mann, der die Wahrheit sagte auch vor Königsthronen. An den muß ich denken, wenn ich dich sehe.«

»Und was hat er getan, dieser Ebed-Melech?« wollte Muhamed wissen.

»Ach, das ist eine längere Geschichte aus der Regierungszeit des Zedekia, des Sohnes Josias, der König ward anstelle Jechonjas, des Sohnes Jojakims, durch Nebukadnezar, der König zu Babel war – – –«

»Und sie handelt wirklich von Ebed-Melech, dem Mohren...?« unterbrach Muhamed lachend.

»Ja doch...«, wehrte Habakuk. »Aber der Pharao und die Chaldäer kommen auch darin vor. Vor allem aber – –«

»– der Ebed-Melech?!« unterbrach Muhamed belustigt, und auch Ganguly mußte lachen.

»Zuerst Jeremias, der Prophet! Das ist die Hauptperson. Den ließ Zedekia ins Gefängnis werfen, weil man ihn verleumdet hatte. Die Fürsten hatten behauptet, er hätte zum Feinde überzulaufen versucht. Ach ... das ist eine traurige Geschichte ...« Habakuk winkte resigniert ab.

»Jetzt will ich aber doch wissen, was der Ebed-Melech getan hat, der Kämmerer des Königs Zedekia, an den du denken mußt, wenn du mich siehst. Oder siehst du mich vielleicht gar nicht mehr?«

»Nein ...«, sagte Habakuk, ein wenig verstimmt. »Aber du hast vielleicht recht. Also, ich sage nur dies: daß der Mohr seinem König unverblümt ins Gewissen geredet hat, weil der zuließ, daß man den Propheten in eine Grube warf, die voller Schlamm und Unrat war. Und da erlaubte der König denn dem Ebed-Melech, den Jeremias wieder aus der Grube zu befreien. Und Ebed-Melech ging mit dreißig Männern und ward von diesen, in Lumpen gekleidet, an einem Seil in die Grube herabgelassen zu Jeremias. Er legte, unten angekommen, das Seil unter die Achseln des Propheten und ließ sich mit ihm hinaufziehen. So also rettete der Ebed-Melech dem Propheten das Leben. Denn der wäre sonst umgekommen im Schlamm.«

»Na also!« sagte Muhamed. »Das ist doch eine schöne Geschichte. Den Ebed-Melech spiele ich gern. Aber sag mir eines: warum behandelt ihr eure Propheten so schlecht, daß Mohren sie retten müssen vor der Torheit jüdischer Fürsten und Könige?«

»Ach«, seufzte Habakuk und kratzte sich am Hinterkopf, »da müßte ich auf die Klagelieder zurückkommen, in welchen es heißt: Müssen denn Propheten und Priester in dem Heiligtum des Herrn so erwürgt werden?! Aber: ist dies denn ein Abend für Klagelieder, meine guten Freunde? Ja doch, ja doch – es ist schon wahr: Meine Feinde haben mich gehetzt wie einen Vogel, ohne Grund. Ich aber rief deinen Namen, HERR, unten aus der Grube ...«

Habakuk verstummte und bat mit verlegenem Achselzucken um Entschuldigung, und Muhamed meinte gutmütig:

»Laß gut sein ... Du weißt doch: Ich werde dich herausholen.«

»Ich glaube, ich muß jetzt schlafen gehn«, sagte Habakuk und atmete tief ein und aus. Er erhob sich langsam, reckte sich aber, als er stand, und sagte augenzwinkernd:

»Dennoch! Wie sagt der Prophet?! – Wir müssen das Land räumen, denn sie haben unsere Wohnungen geschleift!«

Aufbruch des Skythen

Auch Irrbit, der Schamane und Magier aus dem Skythenland, war aufgebrochen und reiste seinem Stern nach, den er für den Stern der Weisen hielt. Das will sagen, daß sein Stern nicht der von Bethlehem war, daß dieser aber – bei etwas mehr Glück – sein Stern hätte werden können. Denn auch er strebte nach Höherem und Neuem und war es satt, aus Rutenbündeln wahrzusagen und gezupfte Bastfasern als Schicksalsfäden auszugeben.

Natürlich glaubte er an die Götter, an die wir alle mehr oder weniger zu einer Zeit geglaubt haben: an die göttliche Erdmutter, an den zeugenden Himmelsvater Papeus und seine göttlichen Kinder, den Sonnensohn und die Mondtochter. Wie alle Schamanen, unter welchem Himmel sie auch die Kinder der Erde gängeln und belehren, verfügte er über das Talent, auch neue Götter zu erfinden oder göttliche Weihen zu vergeben. Kein Maulwurf, der unsichtbar seinen Hügel aufstülpte, und kein Käuzchen, das ungesehen schrie, waren zu gering, um nicht mit überirdischen Kräften und Botschaften ausgestattet zu werden. Aber nach zwölf Jahren Hexerei, Amuletthandel, Rassel- und Klapper-Herstellung schien ihm das Schamanentum wenig zukunftsträchtig, zumal ihm die älteren Amtsbrüder die etwas einträglicheren Fürstenbestattungen noch lange vorenthalten würden. Es wollte ihm überhaupt scheinen, als würden der Fürsten immer weniger und der Schamanen mehr und mehr.

Im übrigen war er ein viel zu guter Reiter, als daß er auf die Dauer das würdevolle Sitzen auf der unbewegten Erde interessant gefunden hätte. Was ihn betraf, so bewegte sich sein Geist am gelenkigsten und kühnsten, wenn sich sein Körper bewegte, und die besten Gedanken hatte er stets, wenn er auf einem seiner drei muskulösen Pferde saß. Oder auch auf zweien von ihnen, wenn sie nebeneinander trabten, stand.

Auf jeden Fall gehörte er nicht zu den Leuten, die mit den Jahren auch an Pfunden zunehmen. Eher das Gegenteil war der Fall.

Vielleicht hätte er den Traum, den er, wohl sehr früh am Morgen, gehabt hatte und in dem die Mondgöttin ihm erschienen war, bei Bewußtsein nie wieder gefunden, wenn er nicht tags darauf so weit über Land geritten wäre, daß dieser Traum plötzlich aus dem Unterbewußtsein wieder losgerissen wurde: mit einem Mal wußte er, daß und was er geträumt hatte:

Artimpaasa, wie sie die Mondgöttin nannten, hatte einen Stern geboren, ihn in das All fallen lassen und Irrbit aufgefordert, ihn zu suchen und zum Gott zu erheben. »Reite in die Welt hinaus, so weit dich deine Pferdchen tragen!« hatte sie gesagt. »Und wenn du diesen kleinen Gott gefunden hast, bring ihn dem Volk der Skythen und mache einen großen Gott aus ihm. Er wird dir Glück bringen. Halte dich südwärts. Reise in die Wärme!«

Siebzehn Tage lang hatte Irrbit sich bedacht. Dann war er zu seiner alten Mutter gegangen, deren später und einziger Sohn er war, und hatte ihr verkündet, daß er für eine längere Weile davonziehen werde, südwärts, mindestens bis an die Mündung des großen Stromes. Vielleicht auch weiter. Er müsse etwas suchen ...

»Was, mein Irrbitjewitsch«, hatte die Alte verwundert gefragt, »willst du denn suchen?«

»Einen Stern.«

»Einen Stern?«

»Einen Stern!«

»Sagen wir zwei ...«, hatte die Alte nachsichtig gelächelt und dann hinzugefügt: »Augen-Sterne, Irrbitjewitsch. Suche, solange du willst, aber bring mir zwei Augensterne, damit ich endlich Enkelkinder haben werde.«

Hätte er das Wort Theologie gekannt, würde er gesagt haben, sie verstehe nichts von Theologie. So aber sagte er nur Gute Nacht, küßte die Alte auf beide Wangen, was er seit langem nicht getan hatte, und ging rasch aus der Hütte, weil er sich seiner Zärtlichkeit schämte.

»Zwei Sterne!« hörte er sie rufen. »Zwei Sterne wirst du finden!«

»Dummes Geschwätz...«, hatte er nur gemurmelt.
So war er aufgebrochen – mit allen drei Pferdchen. Alle zwei Stunden etwa wechselte er das Reittier, und wenn ihm ganz wohl zumute war, stellte er sich ein Weilchen auf die beiden Schwarzen und vertrat sich die Beine. Es war ein schöner Spätherbst diesmal; bei Tage wies ihm der Sonnenstand den Weg nach Süden, bei Nacht hätten es die Sterne getan, wenn er nicht zumeist wie ein Toter geschlafen hätte. Das viele Reiten – Reiten, Reiten, Reiten – macht auch den besten Reiter müde. Und die wackeren Pferdchen fielen öfter in den Schritt. Und eines Tages – es war wohl am achten oder neunten – blieben sie ohnehin stehen, weil ihnen ein riesiger Strom im Wege war.
Da wußte Irrbit, daß er richtig geritten war; die Strömung des Wassers wies ihm den Weg.
Aber als er dann einen Tag lang in fast entgegengesetzter Richtung hatte reiten müssen, weil der mächtige Fluß ebenso mächtige wie überflüssige Schleifen zog, und die gemächlich in der Strömung treibenden Kähne und Hausboote verfolgt hatte, die ohne Zuruf und Schwielen einen guten Weg zurücklegten, beschloß er, das Angebot der Natur anzunehmen: er tauschte ein Pferd gegen ein altes Hausboot und setzte seinen Weg zu Wasser fort.
Tagsüber ließ er sich treiben mit den zwei verbliebenen Schwarzen, abends legte er irgendwo an und ließ die Tiere in der Steppe weiden.

Aber nach einigen Tagen war sowohl ihm wie den beiden Tieren die Untätigkeit leid, und er hätte das Boot gern wieder gegen sein gutes Pferdchen zurückgetauscht, um wieder auf dem Rücken seiner Vierbeiner reisen zu können, die so ungeduldig auf den Holzplanken herumstampften, daß der Boden des Bootes zu lecken begann.
Irrbit mußte viel Wasser schöpfen, am Ende so viel, daß er schließlich einige Tage an einer schön gelegenen kleinen Siedlung das Boot vertäute, um es von kundigeren Händen (als er sie hatte) wiederherstellen zu lassen.
Dabei lernte er freundliche Menschen kennen, und der allerfreundlichste von ihnen war zweifellos Mara, die Tochter des Mannes, der an der Wiederherstellung des schadhaften Bootes arbeitete und ein Auge auf eines der Pferdchen geworfen hatte. Und weil hier bald etliche Augen geworfen wurden, wurde der unfreiwillige Aufenthalt bald zu einem freiwilligen.
Darüber schlug das Wetter um – es fiel sogar Schnee. Irrbit bekam einen tüchtigen Schnupfen und mußte unter der Felldecke von Maras Vater schwitzen; die Tochter pflegte ihn so hingebungsvoll, daß aus dem Krankenlager ein heimliches Hochzeitslager wurde und Irrbit in Gewissensnot die Mondgöttin um einen neuen, wegweisenden Traum anflehte.
Vielleicht schickte sie einen, vielleicht auch nicht. Da Irrbit nicht ritt, sondern meist bewegungslos lag

oder herumsaß, fiel ihm auch nicht ein, was er etwa des Nachts geträumt haben könnte. Und weil Mara sehr schöne leuchtende Augen besaß, beschloß er, die letzten Worte seiner Mutter als einen verschlüsselten Wink der Mondgöttin zu nehmen und erst einmal zu überwintern.

Licht in Fässern

In jener Zeit – römisch gesprochen: in illo tempore – und in bestimmten Breitengraden bereitete das Überwintern gewisse Schwierigkeiten, denen sich auch unser Kolonat ausgesetzt sah, nachdem er schließlich die Straße des römischen Fortschritts bis etwa auf die Höhe des damaligen Bonna bewältigt hatte.

Daß er es soweit gebracht hatte, dorthin zu gelangen, hatte er sowohl seinem Scharfsinn wie seiner Pfiffigkeit zu danken, vor allem aber der Tatsache, daß er mehr und mehr in der Zunge zu reden lernte, in der sowohl die Herren des Landes sprachen wie die Klügsten der Beherrschten. Er konnte in ihr genau zwischen links und rechts unterscheiden, verwechselte mein und dein nicht, wußte Germania superior von Germania inferior wohl zu trennen, obwohl er – bislang – noch gar nicht dort gewesen war, und erwies sich als ebenso hilfswillig wie geschickt. Wer mit dem Kelten zu tun bekam, mochte ihn bald gut leiden und empfahl den Unternehmungslustigen weiter.

Sofern er weiter wollte.

Hier nämlich liegt ein wunder Punkt, der nicht zu übersehen und nicht zu umgehen ist: dieser Kelte war, was man eine gespaltene Natur nennen könnte.

Er hatte gute Anlagen, einen außerordentlichen Durst nach dem Höheren und gewisse nicht alltägliche Talente; aber obwohl er aus einer der regenreichsten Ecken dieser Welt kam, besaß er ein vulkanisches Temperament, das ihn unversehens überfiel, mitriß und umwarf.

Dieser Umstand war ihm selbst nie so deutlich bewußt geworden, als er noch daheim herumzigeunerte, auf der wässerigen großen Insel, nur von unerklärlicher Unruhe und unstillbarem Verlangen geplagt. Jetzt aber, da er, langsam rheinaufwärts ziehend, immer mehr von der neuen Welt zu kosten bekam und Gelegenheit fand, seine Sinne zu schärfen und zu schulen, entdeckte er eine zunehmende Maßlosigkeit an sich.

Soweit dies seinen Wissensdurst betraf, mochte sich solche Maßlosigkeit durchaus vorteilhaft auswirken. Daß er innerhalb von Monaten wie ein Legionär fluchen oder aus neuen Gemüsen und alten Rezepten schmackhafte Gerichte kochen lernte, von Jupiter, Venus und Saturn klug schnackte, von Sirius und Orion, und sich gelegentlich zu so kühnen Sentenzen hinreißen ließ wie:

Die Erde ist der Mond des Mondes

konnte sein Ansehen eher fördern als gefährden. Aber leider paarte sich mit diesem Durst nach Fortschritt und Erkenntnis noch ein anderer Durst.

Unser Insulaner, an Nässe, Wässerigkeit und Dünnbier gewöhnt, entdeckte nämlich eine ständig wach-

sende Zuneigung zu jenem Getränk, das Galliern, Römern und anderen weiter südlich lebenden Völkern längst eine selbstverständliche, täglich und mit Maßen genossene Labe war: dem Wein.
Solange er sich an die am nördlichsten stationierten Römer gehalten hatte, waren die Gelegenheiten spärlich geblieben, an welchen er diesen Casus studieren konnte. Erst als ihn die Sterne weiter südlich lockten, über das Lager Bonna hinaus und in die Seitentäler des Rheinstromes, wo der gegorene Rebensaft nicht mehr Kantinengetränk heimwehkranker Römer war, sondern Beigabe zur Mahlzeit des bäuerlichen Volkes, Feiergetränk, Schlaftrunk, Medizin ... da erreichte Kolonat sein Verhängnis.
Seine Beweglichkeit und Umgänglichkeit hatten ihn wie selbstverständlich auf eine Bahn gedrängt, in der zu allen Zeiten geschickte Leute Karriere machen: er spürte auf, vermittelte, kaufte ein, kaufte auf – zunächst im Auftrag der römischen Besatzungsbehörden, bei denen er, bald hier, bald dort, in kurze Dienste trat; dann aber auf eigene Faust. Binnen weniger Monate hatte er es zu Pferd und Wagen und einem Gehilfen gebracht, zu festen Aufträgen und wachsenden Einkünften. Und weil er keinen Weg scheute und ihm nichts zu gering erschien, erworben und getauscht zu werden, machte er sich bei Einheimischen wie Fremden rasch beliebt und bei manchen gar unentbehrlich. Zwischen Bonna und Augusta Treverorum gab es bald kein Lager, keine

Garnison, wo man ihn nicht gekannt und seinen Namen nicht genannt hätte, wenn es irgendein Problem merkantiler oder sonst kniffliger Natur zu lösen galt.

Das besorgt Kolonat – so lautete es bald überall, wobei dieser Redewendung ebenso Witz und Spott wie Lob und Respekt beigemischt waren:

Curat Kolonat

oder

Kolonat procurat

sagte man lächelnd. Und wenn er sich eine Weile nicht hatte sehen lassen, seufzte mancher Kantinenwirt:

Adveniat Kolonat

und hielt Ausschau nach dem geschätzten »Procurator«.

Und weil er von einer Wasserkante stammte und Umgang mit dem feuchten Element von Kindesbeinen an gewohnt war, beschränkte er sich nicht auf Pferd und Wagen, sondern machte sich auch den Rücken des Moselflusses dienstbar. Und weil die Landschaft dieses Flußtales gar so liebenswürdig anmutete und für seine stets durstige und neugierige Zunge so wohlmundende Weine reifen ließ, denen der Transport auf den holperigen Straßen nicht wohl bekam, segelte oder lenkte er auf rasch gezimmerten Flößen, die er am Zielort versilberte, die empfindliche Ware stromabwärts, hier und da anhaltend und die Fracht vervollständigend, bis er, in

jeder Hinsicht, randvoll geladen, in dem ständig an Bedeutung zunehmenden Bonna ankam, wo er nicht selten mit römischem Salve und Hallo empfangen wurde.

Manchmal kam er auch gar nicht bis dahin, sondern war die begehrte Ware schon vorher – in Confluentes oder Rigomagus – los geworden. Und da in jener Zeit die Römer von den Galliern die sowohl als Behälter haltbareren wie dem Weine selbst dienlicheren Holzfässer (anstelle der zerbrechlichen Tonkrüge und Amphoren) zu übernehmen begannen, hatte er keine Last mit Leergut oder Rückfracht. Ohne große Umstände wechselte er Orte, Vehikel, Rösser, Gehilfen, Waren, Dialekte, Münzen ... ohne besondere Eile, ohne Gewinnsucht, kommt Zeit, kommt Rat, Kolonat wird's möglich machen, zu Pferde, zu Floß, zu Fuß. Er lebte, ließ leben, ließ trinken und – trank. Nicht gerade ausschweifend, nicht eben mäßig, mit Genuß und zunehmendem Sachverstand, individuell und stellvertretend, ein Kenner und Liebhaber, der sich, wässeriger Zeiten eingedenk, täglich von neuem schwor, daß kein Tropfen Wassers mehr seine zu Besserem berufene Zunge netzen werde.

Die Römer, mit denen er es meistens zu tun hatte, verstanden es nicht nur, Feste zu feiern – sie hatten deren auch übergenug. Da gab es Robigalien, Quirinalien, Consualien, Saturnalien, Lupercalien, Fontinalien, Volcanalien, Divalien, Silvanien, Vestalien,

Feralien, Matralien, Lemurien und – nicht zuletzt – die Vincalien.
Das war jenes Fest im April, an dem der junge, vorjährige Wein zum ersten Male aus dem Holzfaß entlassen und gekostet wurde. Es fehlte nicht an Trinksprüchen dabei. Der erste galt immer dem Kaiser:

Es lebe Augustus!

Der zweite Trinkspruch galt der schimmernden Wehr:

Auf unsere glorreiche Armee!

Der dritte ehrte den Befehlshaber. Und erst dann konnte man sich gegenseitig lange oder hoch und lange hoch leben lassen. Und weil dieser Wein – im Gegensatz zu dem daheim – durch keinen Honigzusatz übersüßt, durch keinen Harz-, Ton-, Pech-, Asche- oder Marmor-Zusatz verdorben und nicht dick wie ein verfettetes Weib, sondern schlank, klar, würzig und unverderbt wie eine eben erblühende Jungfer war, begeisterte er nicht nur die Legionäre, Hauptleute und Unterbefehlshaber der Rheinarmee, sondern fand auch, zumal in den gallischen Fässern, seinen Weg nach Rom zum großen Augustus, zu allen begnadeten Trinkern und durstigen Kehlen in illo tempore.
Da sich schon Caesar Trüschenleber vom Bodensee kommen ließ und der Fortschritt unaufhaltsam marschiert, muß nicht gefragt werden, wie die Moselfässer nach Rom gelangten. Es genügt zu wissen, daß

sie gelangten. Kolonat freilich gelangte nicht, wohin er – unter anderen Umständen – vielleicht hätte gelangen können oder sollen. Er hatte, wenn man so will, um eines niederen Durstes willen seinen höheren vergessen.

Zuweilen, wenn er die Mosella abwärts trieb in sternenheller Nacht, ließ er seine Blicke von Horizont zu Horizont wandern und hielt Ausschau nach dem Sternenschweif, der ihn auf die Reise gerufen hatte. Aber immer dann, wenn ihn Wehmut oder Gewissensbisse ankamen, biß ein Hecht, ein Lachs oder eine Forelle an die ausgehängte Angel und lenkte ihn ab. Oder das Augenlid sank ihm herab, weinschwer und tagesmüd. Er fand seinen Stern nicht mehr.

Man wird Kolonat keinen Abtrünnigen nennen dürfen oder Verräter gar. An welcher Sache auch? Ein Stern, ein Komet hatte ihn aus der alten Bahn gelockt und in eine andere geführt. Auf dieser hatte er eine neue Wärme, ein neues Licht gespürt, und sie hatten ihm genügt. Dem Ärmsten bedeutet eine Umarmung Gott und Welt. Die Weisen suchen die ganze Welt nach Gott ab. Die Gewalttäter möchten in der Beherrschung der Welt ihren Gott erkennen. Kolonat erkannte das Licht dieser Welt im Wein. Er brachte ganze Fässer Lichtes unter die Heiden! Jeder sieht und kommt so weit, wie er kann.

Auf dem Wege

Von Askalon bis nach Jerusalem sind es nicht mehr als zwei Tagesreisen, wenn man so gut beritten ist wie Muhamed und Ganguly.

Es sollte sich aber zeigen, daß Habakuks Eselin nicht – wie die beiden insgeheim gefürchtet hatten – das Tempo der Reise verlangsamte. Wenn auch Habakuk am Schluß der kleinen Karawane ritt, so trippelte sein Reittier doch leicht und beharrlich dahin, und wenn auch Muhamed gelegentlich seinem Araberhengst ungeduldig die Sporen gab und in einem rasanten Zwischengalopp, Staub aufwirbelnd, voraussprengte – das Schrittmaß bestimmten die schleppfüßigen Kamele und Dromedare. Wenn es Verzögerungen oder Aufenthalte gab, so kamen sie vor allem von diesen, die einmal ein Stück ihrer Last verloren, ein andermal sich untereinander stritten, ein drittes Mal sich ohne ersichtlichen Grund störrisch zeigten. Es sind wohl doch zumeist die Kamele und die Esel, die das durchschnittliche Tempo des Fortkommens bestimmen.

So hoch und dekorativ freilich der Inder auf seinem Reittier thronte, und so kühn und herrscherlich sich Muhamed in seinem wehenden Burnus ausnahm – der heimliche Führer, das Herz und das Hirn der Gruppe war Habakuk. Seit er zu den beiden anderen gestoßen war, schien die ungewisse Dämmerung zu weichen, das Geheimnis einen Namen zu erhalten. Dem neuen Sternbild würde sich nun ein neues Schicksal gesellen.

Wer aber sollte der Heilige sein, den der jüdische Prophet mit einer Flamme verglichen hatte, deren heißer Atem alle Dornen und Hecken anzünden und verzehren würde auf einen Tag?

Abends, nachdem sie ihre Tagereise zurückgelegt und eine günstige Raststelle ausfindig gemacht hatten, saßen sie am Lagerfeuer wieder beisammen, vor einer kleinen Felseinbuchtung, abgeschirmt durch die Zelte Gangulys und Muhameds und ihren kleinen Troß. Die Wüstenfüchse bellten, und die Nacht war bewölkt und kühl.

Sie hatten ein einfaches Nachtmahl eingenommen und beschlossen, am nächsten Morgen früh aufzubrechen, um ihrem Ziel Jerusalem möglichst nahe zu kommen. Denn Jerusalem, so hatte Habakuk ihnen gesagt, sei die Brücke, über die man ans andere Ufer, ins neue Leben, in einen neuen Äon gelangen werde. Aber *was* sie am jenseitigen Ufer erwarten würde, das wußte wohl auch er nicht zu sagen, obwohl er der Landeskundige, der Schriftgelehrte, der Heilsbesessene war ...

Aber – mit einem Male begann er zu reden, wie im Selbstgespräch und ihnen unverständlich, in der Sprache seiner Väter. Seine Rede war zunächst leise, stockend, tastend; aber dann überstürzte sie sich fast.

Es war, als ob ein Gedanke den anderen, eine Erinnerung die andere überholen wolle. Er schien sich selbst davonzulaufen.

Dann jedoch hielt er inne. Wie ein Erwachender sah er um sich, ein wenig schuldbewußt, und bat die Reisegefährten um Verzeihung für sein seltsames Gebaren, seine Abwesenheit.

»Ich war nicht mehr bei mir«, sagte er entschuldigend. »Ich war weit in den Jahrhunderten, die hinter uns liegen, und war auch in denen, die noch kommen werden. Adler haben mich getragen.« Er lächelte. Und nach einer Weile schloß er an: »Wir werden das Heil sehen, meine Freunde. Gott hat meinen Verstand erleuchtet und meine Augen sehend gemacht.«

Dann schob er ein paar Reiser in das Feuer, hieß Muhameds Gehilfen trockenen Kamelmist bringen, den er mit den Gebärden eines Krankenpflegers, der einem Verletzten ein Pflaster auflegt, behutsam ins Feuer verteilte, lachte einige Male leise dabei, als ob er sich eines gelungenen Scherzes erinnere, und dann hockte er sich näher zu den beiden und berichtete von dem, was ihn bewegte und beschäftigte.

Er sprach von einem neuen König, den die großen jüdischen Propheten vorausgesagt hätten und der jetzt kommen müsse und den sie vielleicht schon in wenigen Tagen von Angesicht zu Angesicht sehen würden. Die Propheten hätten ihm wunderbare Namen gegeben: Weiser Rat, Held, Friedefürst,

Ewigvater ... und sein Leib werde wie Türkis sein, seine Rede Donner, sein Antlitz wie ein Blitz. Seine Augen aber würden wie feurige Fackeln leuchten und sprühen.

»Wenn sie nur sprühen wie die deinen«, sagte Muhamed in lächelnder Verwunderung, »will ich schon zufrieden sein.« Und Ganguly nickte dazu, auch er lächelnd. Sie sahen staunend die lodernde Begeisterung, die ihn ergriffen hatte, und liebten ihn dafür.

Aber Habakuk schien der Einrede nicht zu achten. Er war schon wieder bei seinem Friedefürsten, der endlich, endlich das Verlangen aller Welt stillen und den so bitter entbehrten Frieden bringen werde, der erhoffte Messias, der erwartete große Immanuel, der Ersehnte aller Völker und Geschlechter, der kommen werde,

> auf daß seine Herrschaft groß werde und des Friedens kein Ende auf dem Stuhl Davids und in seinem Königreich, daß er es zurichte und stärke mit Gericht und Gerechtigkeit von nun an bis in Ewigkeit.

Ach, er malte den beiden ein Reich, daß ihnen die Ohren widerhallten und die Augen übergingen. Es werde *»ganz«* friedlich zugehen in diesem Reich des neuen Königs. Und wie es zugehen würde, dafür stand ihm die Weissagung des Jesaja, welche er ihnen hersagte:

> Beim Lamm wird verweilen der Wolf, der Leopard lagert beim Böcklein. Kalb und Löwe

mästen sich gemeinsam, ein kleiner Knabe kann sie hüten. Kuh und Bärin freunden sich an, ihre Jungen lagern beieinander, der Löwe frißt Stroh wie das Rind, der Säugling spielt am Schlupfloch der Otter, nach dem Jungen der Viper greift das Kind mit der Hand. Die Erde wird voll der Erkenntnis des Herrn sein, wie Wasser das Meer bedeckt.

Und die Worte flossen von seiner Zunge wie Honig aus übervollen Waben, und unter seinen Gebärden legten sich die wildesten Bestien, schossen Zedern aus dem Wüstensand, enthüllte der bedeckte Himmel seine Sternbilder, unter denen auch das ihre hell erstrahlte, tröstlich und Hoffnung weckend.

»Es geht eine wunderbare Kraft aus von dir und deinen Worten«, sagte Ganguly warm, den Blick an die Sterne geheftet, »eine Kraft, wie ich sie noch von keinem Lebendigen jemals erfahren habe. Und wenn ich auch nicht glauben kann, daß meine alten Augen dieses Reich des Friedefürsten auf unserer Erde noch erschauen werden, so hast du es doch mein geistiges Auge erschauen lassen. Wer kann wissen, *was* möglich ist und was nicht. Ich weiß nur, daß wir ärmer wären als der Wurm im Staube, wenn wir nach dieser Läuterung nicht verlangten und nicht hoffen würden über alle getäuschte Hoffnung hinaus.«

»So ist es«, sagte Muhamed, und Habakuk, fast heiter, schloß an: »Wir haben unseren Stern.«

Vor den Toren

Sie schlugen dann doch noch einmal ihre Zelte auf in der kommenden Nacht, dicht unterhalb der Stadtmauer Jerusalems.

Muhamed, der vorausgeritten war, um zu erkunden, ob sie eine einigermaßen annehmbare Unterkunft finden würden, war schon am Nachmittag mit der Auskunft zurückgekommen, daß wegen einer Volkszählung, die der römische Kaiser Augustus angeordnet hatte, die Stadt von Menschen wimmele und kein Platz in einer Herberge zu finden sei. Es sei auch laut und unruhig in der Stadt. Er rate ihnen an ... und sie befolgten seinen Rat.

Es war ein schwerer Tag gewesen, das Wetter schwül, der Weg steinig und fast immer ansteigend. Aber das lockende nahe Ziel hatte sie nicht ermüden lassen. Wanderer und Reisende mit Lasttieren waren ihnen etliche begegnet, und beinahe jeden hatte Habakuk gefragt, ob es nicht einen neuen König in Jerusalem gebe oder einen neugeborenen Thronfolger.

Aber die Antwort hatte gelautet, daß immer noch der große Herodes herrsche, der gefürchtete, von den Römern geduldete und begünstigte Idumäer, an dessen Händen so viel Blut klebte, fremdes wie auch das von Verwandten, Freunden oder Rivalen, ja sogar das eigener Söhne, daß es schon zum Himmel schrie. Aber weil Blut in Wahrheit nicht schreit und jedermann, der ihm den Schrei abgenommen haben würde, selbst zu Tode gekommen wäre, konnte Herodes unangefochten weiter regieren. Und weil es hieß, daß er sogar, in einfache Gewänder gekleidet, unter die Leute und Soldaten gehe, um herauszuspionieren, was man über oder gar gegen ihn rede, gab es in Jerusalem selbst nur Taubstumme, wenn der Name Herodes fiel. Das war eine spöttische Redensart, die ihren Ursprung in einem grausamen Umstand hatte, welcher die Leibwächter und Palastwachen des Königs betraf.

Diese Wachen nämlich bestanden, von einer kleinen gallischen Prunktruppe und wenigen Anführern abgesehen, die hohen Sold erhielten, aus Tauben, Stummen und Taubstummen, die einen dreifach gestaffelten Sicherheitsgürtel um die verletzliche Majestät legten.

Den innersten Ring bildete die Leibwache, die weder hören noch sprechen konnte. Sie vernahm nichts, was gesprochen wurde, und was sie sah, konnte sie nicht weitererzählen. Den zweiten Ring bildeten die Stummen, die zwar Befehle vernahmen oder Sachverhalten entsprachen, ohne freilich darüber mit anderen reden zu können. Den äußeren Kordon bildeten diejenigen, die sprechen, aber nicht hören konnten; und von einigen dieser Leute erzählte man sich, daß nicht die Natur, sondern Herodes selbst ihr

Trommelfell zerstört habe. Was Wunder also, daß diejenigen, die wirklich hören konnten, sich taub stellten, um nicht reden zu müssen über den Mann, der zu Recht der Große genannt wurde, weil er alle diejenigen, die sich nicht klein vor ihm machten, zu Nullen und Nichtsen erniedrigte, indem er sie – notfalls – vom Leben zum Tode beförderte.

Habakuk war in der stillen Hoffnung gekommen, vom endlichen Ende dieses von ihm zutiefst gehaßten Idumäers zu hören, um dessentwillen er vor mehr als zwei Jahrzehnten sein Vaterland verlassen hatte, und fühlte Betrübnis in der Seele ob des straflosen und gnadelosen Fortbestandes dieser Fremdherrschaft, die Jerusalem mit Theater- und Zirkusbauten übersät und selbst den heiligen Tempel mit römischen Hoheitszeichen verschandelt hatte. Aber er verbarg seine Enttäuschung vor den Gefährten, ja vor sich selbst.

Sie gingen früh zur Ruhe. Aber als alles schlief, schlich sich Habakuk aus dem Zelte Gangulys, in dem er wohnte, und nahm den Weg zum nächstgelegenen Stadttor, in der Absicht, irgendwelche Passanten oder Soldaten in ein Gespräch zu verwickeln und auszuhorchen nach neuen Geschichten und Gerüchten.

Aber – das Essener Tor war schon verschlossen; die Wachen schliefen oder würfelten in den Schänken. Er traf nur einen alten Mann, den er über die neue Volkszählung auszufragen suchte und der sich als sehr wortkarg erwies. Habakuk wollte ihn gerade verlassen, da zeigte der Alte plötzlich in südlicher Richtung zum Himmel, wo ein Stern zu stürzen schien, der einen hellen Schweif nach sich zog, sagte wie beiläufig »Bethlehem« und entschwand in der Nacht.

Habakuk stand zunächst eine sprachlose Weile. Dann dachte er nach. Das Wort »Bethlehem« juckte ihn – wie ein lästiger Mückenstich.

Da war doch etwas mit diesem Bethlehem, das er selbst zwar nie gesehen hatte, dessen Name ihm aber in den Texten der Propheten oder anderen Schriften schon einmal begegnet war.

Hatte nicht der große Jesaja, der Wortgewaltige, der König der Propheten, irgendwo von Bethlehem gesprochen? War es Jeremias, der Pechvogel, Unglücksrabe, der Madenhacker, Gewissensbeißer? – Ach, der hatte viel Aufrüttelndes geschrieben, aber kaum Freundliches. Ezechiel? Nein, dieser gelehrte Gesetzesfanatiker und Buchstabengläubige war es sicher nicht. Obwohl – man kann nicht alles behalten, was man gelesen hat. Er grübelte weiter.

Sacharja? Ja, der hatte gesagt, daß der Friedenskönig kommen werde – aber er hatte von Jerusalem gesprochen.

> Freue dich, Tochter Zion, jauchze, Tochter Jerusalem! Siehe, dein König kommt zu dir, ein Gerechter und ein Helfer, arm, und reitet auf einem Esel und auf einem jungen Füllen der Eselin.

Aber Bethlehem ...?

War es der furchtlose Amos, den Gott von seinen Herden wegrief, daß er eifere gegen die Sünden eines Volkes, das im Begriffe stand, sein Glück durch Unmaß, Unzucht, Ungerechtigkeit zu verspielen? Er hatte gesagt, daß Gott die zerfallene Hütte Davids wieder aufrichten und ihre Lücken verzäunen wolle. Aber – hatte er etwas von Bethlehem gesagt? Und wer blieb sonst!?

Obadja, der Richter und Rächende? Nahum, der mit der Farbe des Feuers den Untergang Ninives gemalt hatte? War es einer der beiden Micha? Jener, der unter Ahab geweissagt hatte? Oder der im Schatten des größeren – – –

Er mußte den Namen des Größeren nicht mehr denken oder gar aussprechen. Er wußte, daß sein erster Weg bei Tagesanbruch in den Tempel führen würde, damit er dort nachläse, ob bei Micha von Moreseth etwas geschrieben stehe über dieses Bethlehem, und er wußte, daß er bei diesem Zeitgenossen des größeren Jesaja finden würde, was er suchte – er war plötzlich ganz sicher. Bethlehem, Bethlehem ... er flüsterte es immer wieder auf dem Weg zum Lagerplatz, als habe er nun den Schlüssel gefunden, den Schlüssel zum Paradiese. –

Ganz früh erhob er sich vom schlafarmen Lager, eilte in die Stadt, in den Tempel, ließ sich die Schriftrollen der beiden Propheten geben, suchte, suchte, suchte und – fand, was er gesucht hatte:

> Und du, Bethlehem Ephrata, die du klein bist unter den Städten in Juda, aus dir soll mir kommen, der in Israel Herr sei ...

Er eilte, glücklich und beschwingt, zu den Gefährten zurück, um ihnen den Schlüssel zu bringen zu des neuen Königs Kammer. Was sollte ihnen, nachdem sich das wahre Ziel enthüllt hatte, jetzt noch Jerusalem ...

Aber als er am Lagerplatz ankam, sah er, daß dort römische Soldaten bereit standen, Muhamed, Ganguly und ihn zum Palast zu geleiten. Späher des Herodes hatten das Eintreffen dieser seltsamen Fremden gemeldet, und der König entbot sie für die elfte Stunde des Tages zu einer Audienz.

Und so machten sie sich denn auf den Weg, ein jeder auf seinem Reittier: Muhamed mit kostbar aufgeschirrtem Araberhengst, Ganguly, auf seinem Lieblingskamel thronend, und Habakuk hoch zu Eselin.

Sie hatten kaum mehr als fünfzehnhundert Schritte zurückzulegen. Aber da der Weg nach dem Essener Tor durch die Oberstadt, an den Lustgärten entlang und über den Gabbatha-Platz führte, blieben Hunderte offenen Mundes stehen und betrachteten aufmerksam die eigenartige Gruppe, die von drei vorausmarschierenden Soldaten angeführt und von zwei Dienern Muhameds, die ihre Dromedare am Halfter führten, beschlossen wurde.

»Wo führt ihr sie hin?« fragte ein Eckensteher die Soldaten.

»Zum König!« lautete die lakonische Antwort.
»Und wer sind diese seltsamen Heiligen?«
Ein Achselzucken antwortete.
»Dann sind es sicher drei Könige«, sagte der Eckensteher am Gabbatha-Platz spöttisch, und manche der Umstehenden lächelten oder lachten gar.

Die erste Audienz

Der König saß auf einem leicht erhöhten kostbaren Sessel in einem kleineren Saal, in welchem er sonst Botschafter, Abordnungen oder auch Bittsteller empfangen mochte, und sah den Dreien, von denen Ganguly als der Älteste zuerst eintrat, mit gelangweilter Neugier entgegen. Seine Füße standen auf dem Rücken einer großen, aus Silber gearbeiteten Schildkröte, aus deren Panzer ein elfenbeinerner Hals und Kopf hervornickten; zwei Edelsteine markierten die Augen.

Herodes machte eine einladende Handbewegung und winkte dann noch einmal aufmunternd, als die drei etwa sechs oder sieben Schritte vor ihm verhielten, und trat dann, als sie sich eben wieder in Bewegung setzten, heftig auf die Schildkröte – was ein Klingeln auslöste und zugleich ein hektisches Gelächter des Königs. Ebenso plötzlich verstummte er wieder und sagte mit leiser Stimme:

»Willkommen in Jerusalem ... Woher kommt Ihr, werte Herren?«

Er sprach in römischer Zunge; Habakuk verstand ihn sofort. Blitzschnell entschloß er sich, diesen durchtriebenen Tölpel zu übertölpeln. Er dachte: wenn man sich eines Dolmetschers bedient – und den wollte er spielen –, darf man immer mißverstehen und mißverstanden werden. Er sagte darum so bescheiden wie möglich:

»Diese Fürsten hier sprechen nur Griechisch, und auch das nur unzulänglich. Aber ich will gern als Dolmetscher dienen – wenn es willkommen ist.« Er wies auf Ganguly und sagte zu ihm:

»Ihr sollt sagen, wer ihr seid.«

Der Inder legte die schmalen Hände vor der Brust zusammen und verneigte sich mit der ihm eigenen Grazie und Würde. Er murmelte dabei etwas, was eine Grußformel seiner indischen Heimat sein mochte, und Habakuk tat, als ob er es verstanden hätte.

»Er kommt vom Indus und grüßt Euch ehrerbietig«, sagte er ernst.

»Und welches Volk oder welchen Stamm regiert er?«

»Majestät«, erwiderte Habakuk, »ich kenne den Fürsten erst wenige Tage. Ich traf die Herren in Askalon. Aber es will mir scheinen, daß er sehr mächtig ist. So mächtig, daß er die Bewunderer der Macht verachtet. Wenn ich ihn recht verstanden habe, herrscht er über eine Provinz gelehrter Männer und hat nie mit Frauen zu tun gehabt. Ich glaube, er fürchtet oder – verachtet sie.«

»Er tut gut daran«, knurrte Herodes und trat, wie zur Bekräftigung, kurz auf den Rücken der Schildkröte. »Und der Schwarze?«

»Sein Vater ist der König von Äthiopien«, sagte

Habakuk ehrfürchtig. »Und Muhamed – so ist sein Name – ist der berufene Thronfolger. Aber er begehrt den Thron seines Vater nicht. Er will nicht herrschen.« Habakuk nickte bedeutsam. »Ja, er sucht einen anderen König, in dessen Dienst er treten kann. Er ist unglaublich stark!«

Herodes machte ein dummes Gesicht, schüttelte kurz den Kopf und flüsterte mit den beiden Hauptleuten der Leibwache, die neben ihm postiert waren. Etwas mißtrauisch fragte er: »Auch er spricht unsere Sprache nicht?«

Habakuk verneinte.

»Du wirst ihn später vielleicht fragen – später –, ob er der Anführer meiner gallischen Stabswache werden will ...« Herodes sagte es unsicher und zögernd.

»Sehr ehrenvoll«, sagte Habakuk. »Aber ich glaube, er denkt an einen neuen König, dessen Stern gerade jetzt erst über Judäa aufgeht und um dessentwillen wir von weither angereist sind. Aber – sollten sich die Fürsten nicht setzen ...?« Er fragte es leise, fast vertraulich.

Herodes trat auf die silberne Schildkröte, gestikulierte zu einigen Dienern hin, die drei Sessel näher rückten, und fragte stirnrunzelnd und mit einigen ungeduldig zum Sitzen auffordernden Gesten: »Wo soll dieser König sein, und wie heißt er, wo regiert er?! Ich kenne keinen neuen König, nicht hier, noch irgendwo!«

Habakuk hob ausweichend Hände und Achseln.

»Habt Ihr keinen Sohn?« fragte er. »Oder erwartet Eure Frau Gemahlin nicht vielleicht einen? Verzeiht, daß wir so wenig über Euch und Euer Königshaus wissen.« Er lächelte verlegen und dachte dabei: Lüg nur drauflos, Mordbube. Auch deine Frau hast du umgebracht. Welches Weib möchte sich heute noch in dein Bett legen, um mit dir einen Sohn zu zeugen. Vielleicht würdest du den zwar am Leben lassen, weil er zu jung wäre, deinen letzten Jahren gefährlich zu werden. Aber sie selbst – –

Herodes hatte sich zurückgelehnt in seinem Sessel und umklammerte die Stützen, als ob es zwei Hälse zu würgen gälte. Seine Augen schienen geschlossen. Aber durch einen schmalen Lidschlitz beobachtete er den Fragesteller mißtrauisch. Tonlos sagte er schließlich:

»Nein. Wir erwarten keinen Sohn. Aber wir sind nicht ohne Erben.«

Er verfiel wieder in trübsinniges Schweigen.

»Wir bitten ehrfürchtig, Eure Frau Gemahlin zu grüßen. Ich werde beten für sie und Euer Haus.«

Herodes trat unwillig auf den tönenden Fußschemel, aber der gab nur schwachen Laut. Er fragte:

»Und wer seid Ihr? Wo kommt Ihr her? Seid Ihr fürstlichen Geblüts?«

Habakuk wiegte den Kopf hin und her und erwiderte lächelnd:

»Wenn man Wein und Wasser mischt – was ergibt das? Ich habe einen fast hundertjährigen Onkel in

Alexandria; der will wissen, daß ich der Sohn eines Stammesfürsten aus der Wüste Sur bin, von einer Jüdin geboren. Aber ich gebe nichts drauf. Schon als Kind sang ich das Lied:

Meine Mutter starb mir früh.
Meinen Vater sah ich nie...

Aber der Himmel hat es dennoch gut mit mir gemeint. Ich spreche etliche Sprachen, bin Schriftgelehrter, Philosoph und nicht zuletzt Astronom und Astrologe: ich habe es dem Himmel gedankt, indem ich ihn erforscht habe und seine Sprache zu deuten lernte.«

»Und was spricht der bestirnte Himmel über mich?« fragte Herodes ironisch.

»Daß Ihr ein gestrenger, aber gerechter Herr seid und beharrlich an Eurem unsterblichen Namen baut.«

Herodes nickte einem der Höflinge zu, die wie Puppen an den Seitenwänden saßen. »Siehst du, er meint den Tempel, an dem wir bauen.« Und zu Habakuk gewendet: »Dein Himmel ist nicht dumm. Und was meint er über den König, den Ihr sucht?«

»Er meint, daß dieser König aus Eurem Lande kommen muß. Und wenn ich alle Schriften zu Rate ziehe, so sagt er die Wahrheit. Der neue König soll aus dem Hause und Stamme Davids kommen und Immanuel heißen. So hat es der große Jesaja vorausgesagt. Deine Schriftgelehrten werden es bestätigen können.«

»Ach«, meinte Herodes wegwerfend, »meine Schriftgelehrten sind Nichtsnutze und Nichtstuer. Ich werde sie drei Tage bei Wasser und Brot einsperren lassen, allesamt, und am vierten Tag werden sie mir sagen müssen, was ich wissen will. Dann wird sich zeigen, was sie wert sind. Geschichte schreibt man nicht mit Schriftgelehrten, sondern mit Generalen und Soldaten. Die Gelehrten können später aufschreiben, was geschehen ist. Aber – Euer neuer König scheint keine Truppen zu haben ...?«

»Nein.« Habakuk schüttelte energisch den Kopf. »Er soll ein Friedefürst werden – so heißt es jedenfalls. Eine Jungfrau wird ihn gebären oder hat ihn geboren. Da niemand etwas von ihm weiß hierzulande, ist er vielleicht noch gar nicht geboren. Aber sein Stern ist schon aufgegangen. Wir werden auf die Suche nach dem Verheißenen gehen! Und wenn wir ihn gefunden haben, werden wir hierher zurückkehren und Euch Meldung erstatten ...«

Herodes trat mit beiden Füßen auf seinen Fußschemel.

»Das ist gut! Das ist klug!« rief er und stampfte noch zweimal auf die musikalische Schildkröte. »Ihr werdet in meinem Namen auf die Suche nach ihm gehen. Betrachtet Euch als meine Gesandten, meine Kundschafter. Schreiber! He! Bring drei Schutzbriefe. Und das Siegel! Das ist gut. Das ist eine ausgezeichnete Idee. Du bist ein kluger Kopf. Wie heißt du, mein Freund?«

»Habakuk, Majestät.«

»Habakuk? Habakuk?! Wie der Prophet? So ein schöner Name! Oh, ich weiß, ich weiß. Die Umarmung – heißt das. Und du wärest wert, von mir umarmt zu werden. Aber – das hebe ich mir auf, bis du mir den neuen Gottseibeiuns bringst. Ich mache dich zum König der Schriftgelehrten, zum Fürsten des Himmels dafür. Kommt näher, meine edlen Gäste, daß ich euch meinen Ring zum Kuß reiche! Nein, erst du, dann der Alte, dann der Schwarze. Ich danke für Euren Besuch. Wie heißt er? Ganguly? Ja natürlich, weil er vom Ganges kommt. Und er? Muhamed. Ist das auch ein Prophet? Oder müssen wir ihn dazu machen?

Kommt, meine Fürsten, Könige, Propheten, Botschafter, Kundschafter! Ich mache aus Euch, was Ihr werden wollt. Ich, der große Herodes, bin allmächtig. Ich bin der Größte! Nach dem großen Augustus, versteht sich. Die Götter sollen mich vor einer Majestätsbeleidigung bewahren ...«

Er trat auf den klingenden Fußschemel und hielt sich zugleich die Ohren zu. Auch die Augen schloß er und atmete schwer.

Einer der Höflinge, sein Leibarzt offenbar, trat zu ihm und schlug ihm einige Male leicht auf die Wange.

Schließlich öffnete der König die Augen wieder. Er blickte fast furchtsam von einem zum andern. An Gangulys erstauntem Antlitz blieb sein Blick hängen. Fast bittend fragte er Ganguly in stockendem Griechisch:

»Bist du Arzt?«

Ganguly nickte. »Ja«, sagte er leise.

»Ich habe dumme Schriftgelehrte, dumme Leibwächter, dumme Ärzte«, sagte Herodes wehleidig. »Sieh in ihre Gesichter!« flüsterte er. »Da steht ihre Dummheit und Falschheit geschrieben.« Er faßte Gangulys Arm mit der Linken und machte mit der Rechten eine heftige, verweisende Bewegung. »Weg! Zurück alle!« sagte er böse. »Auf Eure Plätze!« Er trat auf die Schildkröte. Aber die blieb stumm.

»Kannst du mir helfen?« fragte er den Inder verstört.

Der griff in sein Gewand, zog ein Fläschchen heraus und reichte es dem Herodes.

»Trinken ...?« fragte der furchtsam.

»Nur riechen – vier, fünf Pulsschläge lang ...« Ganguly lächelte.

Herodes zog den Pfropfen heraus und schnüffelte. Er sagte:

»Es riecht scharf, aber gut.« Und schnüffelte noch einmal. Er atmete tief durch, führte das Fläschchen zum dritten Mal an die Nase, atmete wieder, erhob sich langsam zum Stand (wobei man sah, daß seine lockeren, üppigen Gewänder einen ziemlich verfetteten Leib bekleideten) und reckte sich und streckte sich, schnüffelte nochmals und pumpte sich auf wie ein Ochsenfrosch.

»Ich bin der Gesuchte!« schrie er. »Ich bin der Gottseibeiuns, der verheißen ist.« Er setzte sich und blickte strahlend in die Runde. »Eine wunderbare Medizin ...«, sagte er anerkennend, fast glücklich. »In Gold aufwiegen!!« schrie er übermütig, und sofort stürzte ein Höfling herbei, nahm das Fläschchen und eilte mit ihm davon.

»Ihr werdet wiederkehren. Ich erwarte Euch!« sagte Herodes nach einer schweigenden Weile. »Es gibt keinen anderen in diesem Land, den die Verheißung meinen könnte. Keinen ... Habe ich nicht friedlich regiert? Ist Augustus, der Friedenskaiser, nicht mein bester Freund?« Er sah sich um im Kreis, und die Höflinge nickten.

Aber da kam schon der Beamte mit dem Arzneifläschchen und dem entsprechenden Goldgewicht.

»Gib!« Herodes lächelte, nahm die drei oder vier Goldmünzen, betrachtete verliebt sein Bild darauf und reichte sie dann Ganguly.

»Das Zehnfache werde ich dir geben«, sagte er, »wenn Ihr wiederkehrt. Auch ich werde suchen. Wir werden sehen, wer zuerst findet!«

Er roch noch einmal an dem Fläschchen. Dann setzte er sich wieder, trat fest auf die silberne Schildkröte, die dieses Mal hellauf klingelte.

»Die Audienz ist beendet!« rief er mit fester Stimme.

Beim Hinausgehen sagte Ganguly leise zu Habakuk: »Er wird nicht mehr lange leben.«

»Jeder Tag ist zu viel«, lautete die Antwort.

Die zweite Audienz

Erst vor dem Stadttor konnten die Drei wieder miteinander sprechen.
Ganguly und Muhamed waren nicht wenig erstaunt, ihren Gefährten und Führer so aufgeräumt zu sehen. Sie selbst waren verwirrt und um eine sinnvolle Deutung der Situation verlegen. Habakuk aber gebärdete sich wie einer, der einen verlorenen Schatz wiedergefunden hat. »Wir waren in der Höhle des Löwen und haben ihm die Zähne aus dem Maul gestohlen, ohne daß er es bemerkt hat!« frohlockte er. »Dieser Mordwanst! Er möchte einen indischen Leibarzt und einen äthiopischen Paradegeneral aus euch machen. Oh, ich habe ihn umarmt, aber anders als er es meint.«
Und dann berichtete er den beiden kurz von seiner nächtlichen Begegnung mit dem Alten, von seinem Tempelbesuch und von seiner Entdeckung im Buche des Propheten Micha. »Wir werden finden, wonach wir hungern. Unser Ziel ist Bethlehem, und das heißt Brothaus. Auf die Reittiere!«
Und sie ritten vom Berge Sion talwärts, nach Südosten zunächst, und ließen die hochgebaute Stadt hinter sich, ein Stück auf der Straße zum Salzmeer, und dann südwestlich. Die Straße wurde steinig und führte bald wieder bergan. Es waren die heißesten

Stunden des Tages, und kaum ein Baum gewährte Schatten. Aber Habakuk focht es nicht an. Warum heiße ich Habakuk, fragte er sich erheitert, und kann mich nicht einmal selber umarmen!? Die Welt ist mangelhaft. Immer braucht man zwei dazu ...

Dann kam eine Wasserstelle, von einigen Zypressen umstanden, und sie konnten ihren Durst stillen und ließen auch die Tiere trinken.

Eine kurze Weile saßen sie schweigend. Dann sagte Muhamed in die Stille:

»Was mag uns erwarten ... Zwei Könige an einem Tag ...« Er furchte die krausen Augenbrauen.

»Nein«, sagte Ganguly, »ich fürchte mich vor niemandem, weder vor diesem aufgeblasenen Herodes, noch vor einem anderen König. Ich fürchte nur eines nach so vielen Mühen, Entsagungen, Zweifeln, Erwartungen ... eine Enttäuschung.«

»Und was würde dich am meisten enttäuschen?« fragte Habakuk.

»Wenn wir nichts fänden, was eine Hoffnung nährt«, antwortete Ganguly leise, und Muhamed nickte lebhaft und meinte:

»Das ist wahr. Das wäre schlimmer als ein zweiter Herodes. Laßt uns weiterziehen. Ich berste vor Neugier und Ungeduld.«

»Ach, ihr Kleinmütigen!« schalt Habakuk. »Und wenn es an diesem Tage drei Könige zu bestehen gälte – mir sollten sie alle drei willkommen sein, wenn nur einer die Krone wert ist, die er trägt.

Oder«, so schloß er leise, »wenigstens die Hoffnung am Leben läßt, daß er eines Tages einer Krone wert sein wird.«

»Reiten wir, reiten wir!« sagte Muhamed.

Sie saßen auf, und diesmal ritt Habakuk voran. Mit kurzen Schritten nahm seine Eselin den Anstieg. Muhameds Araberhengst stapfte unwillig hinterdrein. Zum Schluß ritt jetzt Ganguly, und sein Kamel trug leicht an ihm; aber er trug schwer an seiner Verzagtheit. Wie ausgehungerte Raben hockten die Jahre auf seinen mageren Schultern, und niemand auf der Welt sah die einsame Träne, die groß wie ein Sperlingsei aus seinem rechten Auge quoll und sich spurlos in seinem Bart verlief.

Etwa um die fünfte Abendstunde ritten sie in die kleine, auf einem Hügel gelegene Stadt Bethlehem ein, bewundert und verwundert, baten an zwei, drei Herbergen vergebens um ein Nachtlager und waren, noch ehe sich eine weitere zeigte, schon draußen, wo sich freies Feld zu einem zweiten Hügel wölbte. Er war, wie sich herausstellen sollte, von einer Anzahl natürlicher Höhlen durchsetzt, die Hirten und Wanderer ein Obdach finden ließen oder auch als Stallungen dienten.

Während Gangulys und Muhameds Leute auf freiem Feld, aber unweit von einer der Felsgrotten, die Zelte aufschlugen und die Lasttiere entluden, ging Habakuk den kurzen Weg zur Stadt zurück, kaufte ein frisches Brot, redete mit einigen Leuten in den

Gassen und sah sich um, ob etwas Besonderes zu entdecken sei. Gerade als er die letzten Häuser wieder erreicht hatte, hörte er Schritte hinter sich, wendete sich und sah einen reinlich und einfach gekleideten Mann, der ruhig und rüstig an einem Wanderstab schritt, fast so groß, wie ihn Hirten mit sich führen. Der Mann grüßte, und Habakuk grüßte zurück, wobei er bemerkte, wie kunstvoll geschnitten und verziert der Stab an seinem gebogenen Ende war.

»Ein schöner Stab ist das!« sagte Habakuk bewundernd. »Wo findet man dergleichen? Darf ich ihn einmal sehen?«

»Warum nicht...«, sagte der Mann erfreut und reichte ihn Habakuk. »Ich habe ihn selbst geschnitzt, in mancher Stunde Arbeit.«

»Man könnte ihn kaufen – für gutes Geld?«

Der Mann lächelte und schüttelte den Kopf. »Diesen nicht. Dieser ist unverkäuflich und unbezahlbar. Er hat mir das Teuerste eingetragen, das ich besitze auf dieser Erde. Aber einen anderen kann ich wohl verzieren oder neu schnitzen oder verbessern. Ich habe in diesen Tagen schon aus etlichen Spatzen Singvögel gemacht. Zuhaus aber – –«

Also wohne er gar nicht hier?

Nein, nur wegen der Volkszählung sei er gekommen. Er wohne in Galiläa, in Nazareth.

»Oh«, sagte Habakuk und blieb stehn, »ich war Lehrer in Bethsan und bin auch dort geboren. Das ist gar nicht weit von Nazareth.«

»Wir sind durch Bethsan gereist, mein Weib und ich. Und dann durchs Jordantal. Eine ziemliche Reise ...«

Ach, er sei gar nicht allein?

»Nein. Und nun sind wir gar drei. Mein Weib hat geboren. Einen Knaben. Ein spätes Reis an Davids Stamm.« Er lächelte in verlegenem Stolz, sah auf, stutzte und hielt an. »Was soll das geben?« Er wies mit dem Stab auf den Lagerplatz, dem sie sich näherten. »Neue Nachbarn ...«, seufzte er. »Aber was wollen sie auch machen. Die Herbergen sind voll. Wir wohnen mit Esel und Rind in einem Höhlenstall dahinter. Aber nicht mehr lang. Und die Hirten und Feldarbeiter sind gut und helfen. Wir haben viel Besuch. Sie bringen mir ihre Stäbe, und ich verziere sie. Und so wirft mein Messer außer Spänen noch anderes ab: Käsebrocken, Butterflocken ... Sieh einer! Dromedare führen sie mit. Und sogar Kamele! Das muß eine interessante Reisegesellschaft sein. Die kommen von weither, möchte ich meinen. Was meint Ihr?«

Er blieb erstaunt stehn. »Ihr seht so merkwürdig drein. Ist etwas? Kann ich helfen?«

Habakuk schüttelte langsam den Kopf. »Nichts ...«, sagte er lächelnd. »Nichts und alles. Alles und nichts ...« Entschuldigend fügte er an: »Ich gehöre dazu.«

»Aber was denn!« lachte der Mann. »Da muß man doch kein schlechtes Gewissen haben. Kommt nur herüber zu uns, wenn es an Rat fehlt oder an Nahrhaftem. Meine Freunde sind auch die Euren.«

Er hob seinen schönen Stab grüßend und ging quer übers Feld.

Als sie wenig später in Muhameds Zelt saßen und dieser fragte, ob es Neues gebe, bat Habakuk, drei Fragen stellen zu dürfen, ehe er berichte, was ihm soeben widerfahren sei.

»Wie viele Körner können aus einem Saatkorn erwachsen, Ganguly?«

»Unendlich viele. Die ganze Welt könnte am Ende satt werden davon«, antwortete der verwundert.

»Und welches ist die kleinste Einheit des Meeres, Muhamed?«

»Ein Tropfen ...«, sagte der, ohne lange zu überlegen.

»Und mit welchem Wesen, in welchem kleinsten Teil der Menschheit werden alle gescheiterten Hoffnungen wiedergeboren?«

»Diese Frage ist zu leicht«, sagte Ganguly.

»Mit jedem neugeborenen Kind ...«, sagte Muhamed achselzuckend.

»Dann laßt uns zu dem Kinde gehn«, meinte Habakuk ernst. »Es enthält alles Wachsende, alles Fließende und alle Hoffnung der Welt ... Aber nur die Wachsenden, die Fließenden, die Hoffenden werden es erkennen.«

Und er ging voran; es waren kaum dreißig Schritte zu gehen. Die Tür stand offen, und das schräg herein-

fallende scheidende Tageslicht warf einen warmen Glanz in den Raum. Neben dem Eingang saß ein Hirtenbub, der schnitzte an Pfeil und Bogen, und der Mann unterwies ihn dabei. Vor einer Futterkrippe standen ein Schimmel, ein Esel, eine Kuh und ein Kälbchen dazu. Unweit davon saß, auf einem Schemel, ein junges Mädchen und stillte ein Kind.

Der Mann nickte ihnen lebhaft zu, wies mit der einen Hand auf die Mutter und führte den Zeigefinger der anderen an die Lippen: sie sollten das anmutige Bild wahrnehmen, aber nicht stören.

Er selbst sah mit unverhohlenem Staunen in die fremden Gesichter und mit sichtbarer Freude darüber, daß so seltener Besuch seine karge Unterkunft beehrte. Er zeigte ihnen, nicht ohne Stolz, den Schimmel und klopfte ihm den Hals – die anderen Tiere gehörten dem Besitzer des Stalls, der ihrer Not abgeholfen habe und ein guter Mensch sei.

Und dann kam auch die junge Mutter näher und zeigte das Neugeborene, das wie alle Neugeborenen aussah und im Schlaf noch ein wenig die rosigen Lippen bewegte, die eben noch gesäugt hatten. Sie lächelte glücklich und ein wenig verschämt. Und Ganguly dachte, daß sie von anbetungswürdiger Schönheit und Jugend sei, und Muhamed entzückte sich an der Apfelblüte ihrer Wangen, und Habakuk mußte plötzlich einer Jugendliebe gedenken, die nie von seiner Leidenschaft erfahren hatte, und wurde von einer Zärtlichkeit ergriffen, die seine Hände und Lippen zittern machte.

»Sie ist ganz göttlich«, flüsterte er den Gefährten zu. Aber die verstanden nicht, was er sagte, weil im gleichen Augenblick Schalmeienklänge zu hören waren: zwei junge Hirten kamen herein und brachen etwas erschreckt ihre Melodie ab, als sie die Fremden sahen, legten ein Stück Käse und stellten einen Krug mit frischer Milch ab und wollten rasch wieder gehen, aber Habakuk sagte:

»Nein, nein. Ihr müßt weiterspielen. Etwas *ganz* Schönes . . .«

Indessen hatte der Mann ein Brett aus der Ecke geholt und es über zwei Holzklötze gelegt, so daß unsere Drei nicht mehr stehen mußten. Er hieß sie Platz nehmen und ein wenig zusammenrücken, damit er sich zu ihnen setzen konnte. Er schälte jedem eine Feige, indem er den Stiel festhielt und mit vier, fünf vorsichtigen Einschnitten die Haut ablöste, und reichte die geschürzte Frucht vorsichtig am Stiel zu. Und während die beiden jungen Hirten eine neue Melodie zu flöten begannen, kamen zwei ältere, und der eine hatte eine kleine Zymbel, mit der er den Takt schlug, und der andere blies oder summte mit den Lippen die merkwürdigsten Baßtöne, so daß selbst Ganguly lächeln mußte.

Die junge Mutter hatte inzwischen das Kindchen neu gebündelt und am Ende der Futterkrippe ins Stroh gebettet und machte ein Zeichen, daß sie nun etwas leiser sein müßten. Und weil das Kind ein wenig greinte, sang sie ihm eine kleine wortlose Melodie, in die der eine Hirt mit der Flöte einfiel, aber so leise, wie eben nur ein Mensch musizieren kann, der den Ton mit der zärtlichsten Seelenkraft bildet, mit seinem Atem.

Als sie sich endlich aus dem sanften Bann lösten, der sie wie gefangen hielt, war die Dunkelheit unversehens eingefallen, und als sie hinaustraten vor den Stall, war der Abendstern schon am Firmament zu sehen. Genau über ihnen aber stand noch ein anderer Stern am blaßblauen Nachthimmel.

Habakuk wies auf ihn und sagte, indem er die Hände der Gefährten ergriff:

»Wir sind am Ziel, meine Freunde. Das Saatkorn ist gelegt.«

Hearing an der Krippe

Als sich alles, was Menschenantlitz trug, zur Ruhe begeben hatte, trat Cleo ihren ersten Erkundungsgang an.

Katzen lieben es nicht, Nebenrollen zu spielen; außerdem schlafen sie gern, wenn andere wachen. Auch Lärm und Unruhe sind ihnen zuwider. Leiser als alle Stille war Cleos Gang, als sie sich, nach einem Seitenblick auf den bereits sanft schnarchenden Muhamed, zum Zeltausgang bewegte. Der war verschlossen – für Menschen. Cleo unterlief ihn mit einem geschmeidigen Taucher, überquerte bedachtsam die dreißig oder fünfunddreißig Menschenschritte, welche das Zelt vom Stall entfernt stand, fand einen Lattenspalt und betrat ungehört den von einem Windlicht nur schwach erhellten Raum.

Das Kind schlief am Rande der Krippe; man hatte durch ein Brett seine kleine Schlafstatt abgesondert, so daß Futter- und Bettstroh nicht durcheinander geraten konnten. Aber auch ohne dies hätte kein Tier es außer mit wärmendem Atem berührt.

Alle Drei standen noch: der zierliche Schimmel Marias, dann der Esel des Stallbesitzers und die Kuh. Das Kälbchen hatte sich bereits gelegt. Aber ihr lautloses Gespräch und die vielsagenden Blicke, die sie miteinander getauscht hatten, waren verstummt.

Wahrscheinlich wollten Esel und Rind abwarten, bis der Schimmel sich gelegt hatte, vor dem sie um so größere Achtung verspürten, als er so gar nichts Hochtrabendes an sich hatte. Vielleicht hatten die Sanftmut und Liebenswürdigkeit seiner Herrin auch sein Wesen geläutert.

Aber da schnellte plötzlich Cleo auf den Krippenrand, setzte sich nach einigen zögernden Schritten und blickte erwartungsvoll und leicht belustigt nacheinander in drei sich weitende Augenpaare.

Der Schimmel schnaubte leise, der Esel wechselte die Standbeine. Der Kuh entfuhr ein leises »Nanu!« – freilich ein so leises, daß nur das »nu« zu vernehmen war.

»Ich hoffe«, sagte die Katze, »nicht zu stören. Ich reise in Begleitung des großen Schwarzen und heiße Cleo. Mein Herr heißt Muhamed.« Sie leckte sich, angeregt durch die Helle des Schimmels, die beiden einzigen weißen Haare, die sie – fast unsichtbar – auf der Brust trug. Wie winzige Anführungsstriche.

»Da bist du weit gereist«, meinte der Schimmel gutmütig. »Ich komme nur aus Nazareth, etwa sieben Tagereisen von hier.« Er wendete ermunternd den Kopf zu den beiden anderen Riesen, als wollte er auch sie zu einer Äußerung bewegen. Aber da diese hier zu Haus waren, nickten sie nur verlegen und schwiegen.

»Ja, wir sind ziemlich lange unterwegs«, erwiderte

Cleo. »Wie lange, das weiß ich nicht. Außerdem mache ich die Reise ja nicht zu Fuß.« Sie schüttelte sich kurz.

»Freilich, freilich«, meinte der Schimmel, »mit so kurzen Beinen kämest du auch nicht weit...« Der Esel nickte beifällig.

»Auf die Ausmaße der Glieder kommt es nicht an«, sagte Cleo gelassen, »sondern auf die Proportionen und die besonderen Fähigkeiten. Sonst müßtest du mit deinen langen Ohren ja die Engel im Himmel singen hören können.«

»Ich *habe* sie gehört! Ja!« Der Esel stampfte mit dem Huf auf und stellte die Ohren.

»Ich möchte niemanden kränken«, sagte Cleo und kratzte sich kurz, als wischte sie diesen Punkt von der Tagesordnung. »Aber wer sind diese netten Leute, denen ein so hübscher Schimmel gehört?« Sie rückte ein wenig näher an den Schimmel heran und streifte wie zufällig mit dem Schwanz über seine rechte Nüster.

Der Schimmel nickte zweimal, wie bestätigend. »Sie sind wirklich gut und freundlich und von besonderem Geschlecht dazu. Sie haben Könige und Propheten unter ihren Vorfahren!«

»Man sieht es ihnen nicht an...«

»Nein, man sieht es ihnen nicht an. Sie sind ein bißchen verarmt. Aber dein Herr, der schwarze Muhamed, wird wissen, weshalb er die weite Reise hierher unternommen hat.«

Cleo zog es vor, darüber nichts zu sagen. Sie balancierte mühelos auf dem Krippenrand zu dem Winkel, in welchem das Kindchen schlief, betrachtete es aufmerksam und kehrte langsam zu ihrem Ausgangspunkt zurück.
»Nun?« fragte die Kuh. Es klang, als sei sie in ihrer Mutterehre gekränkt.
»Ist es ein Junge oder ein Mädchen?« fragte Cleo sachlich.
»Ein Sohn!« sagte der Esel. »Welche Frage!« Da er die Engel gehört hatte, war er ganz sicher. Er wechselte einen fast mitleidigen Blick mit seiner Nachbarin, die nur den Kopf schütteln konnte.
»Um es dir genau zu sagen«, begann der Schimmel, »– es handelt sich hier um kein gewöhnliches Kind. Ich habe es schließlich mitsamt seiner Mutter hierher getragen. Und auch schon zuvor, wenn wir zu den Wochenmärkten ritten und Gemüse einkauften! Sie wog so leicht...« Der Schimmel trippelte, als wolle er sich auf die Hinterbeine erheben. Hätte es sich nicht um einen biederen israelischen Schimmel gehandelt – man hätte glauben können, der Berufung oder Erschaffung des Pegasus beizuwohnen.
»... ja, so leicht, daß ich zuweilen glaubte, nicht ich trüge sie, sondern *sie* mache mich schweben, fliegen - - -«
Der Schimmel schüttelte sich, als wollte er ein Joch abwerfen, eines, das er freilich gar nicht trug.
»Ich weiß nicht«, fügte er verlegen an, »wie ich mich

ausdrücken soll... Hörst du mir auch gut zu?!« schnaubte er in unwilliger Verlegenheit Cleo an.

»Soweit meine kleinen Ohren ausreichen...«, erwiderte diese, sich zweimal mit der Pfote übers Ohr streifend. »Erzähle nur weiter... Gibt es, außer der Mutter, auch einen Vater zu dem Kind in der Krippe?«

»Sieh den wunderschönen Stab da!« sagte der Schimmel und wies ziemlich herrisch mit einem Ruck seines Kopfes in die Ecke, wo Maria und Josef ihr Lager hatten.

Cleo blickte in die gewiesene Richtung und sah den Stab. Er war schräg gegen die Stallwand gelehnt.

»Was ist mit dem Stab?« fragte sie höflich.

»Hört gut zu!« sagte der Schimmel und nickte auch auffordernd zu seinen Stallgefährten herüber. »Es hat seine Bewandtnis damit.« Er atmete zweimal tief, ehe er fortfuhr:

»Wenn bei uns in Nazareth eine Braut besonders begehrenswert erscheint und sich mehr als ein Bewerber meldet, dann will es die Sitte, daß alle Kandidaten ihren Wanderstab, wie stumme Fürsprecher, in das Gotteshaus bringen und dort an einem Seitenaltar aufstellen. Sind alle Stäbe dann beisammen, so wählt der Priester einen – meist wohl den schönsten – aus, und seinem Besitzer wird dann die Braut zugesprochen. Und weil Josef, der Nachkomme des Königs David, den schönsten Stab aufgestellt hatte, wurde ihm meine Herrin zugesprochen – wiewohl er schon ein älterer Mann war. So kam der gute Meisterschnitzer Josef zu der schönen Jungfrau Maria.«

Der Schimmel nickte zweimal bekräftigend und kostete dann schweigend den Nachhall seines Berichts in den Herzen der so verschiedenen Kreaturen. Es herrschte nachdenkliches Schweigen.

»Ja, ja...«, meinte der Esel versonnen, und die Kuh nickte dazu; sie mochte darüber nachdenken, wie wenige Umstände man sich ihretwegen bei der Hochzeit gemacht hatte, und war plötzlich ganz wirr im Kopf. Sie brummte elegisch und legte sich, schwerfällig, aber doch sorgsam darauf bedacht, das schlafende Kälbchen nicht zu wecken, nieder. Und als ob damit das Zeichen zur Nachtruhe gegeben wäre, legte sich auch der Esel. Geschichten, die von Stäben und Stöcken handelten, verursachten ihm meist ein leichtes Unbehagen. Zudem war es spät genug. »Ja, ja...«, gähnte er unverbindlich und räkelte sich, bis er die rechte Lage gefunden hatte.

Allein Cleo war wach und der Stunde gewachsen. Sie streifte noch einmal zartfühlend das redselige Maul des Schimmels mit ihrem Schwanz und meinte, mit einem Blick auf das schlafende Paar:

»Er könnte fast ihr Vater sein.«

»Er *ist* wie ein Vater.«

»Sie ist sehr zart und schön. So etwa würde ich mir einen Engel vorstellen... Du kennst Engel?«

Der Schimmel nickte ernst. »Erst seit kurzem«,

schloß er einschränkend an. »Seit das Kind da ist.«
»Wie sind Engel?«
»Das ist sehr schwer zu beschreiben. Für mich duften sie wie würziges Heu. Oder wie ganz junge Gräser.«
»Das sagt mir wenig«, gestand Cleo. »Sieht man sie denn überhaupt nicht?«
»Oh doch. Aber sie sind dreimal weißer als ich, und ihre Bewegungen sind doppelt so leise wie die deinen.«
»Und wenn sie singen? Muß man Eselsohren haben, um sie zu hören?«
Der Schimmel wieherte, unterbrach sich aber sofort. Schuldbewußt blickte er auf das Kind in der Krippe. »Ich glaube«, sagte er, »daß nur der sie hören kann, der sie hören will. Sie sind etwas wie Frühlingswind oder Mondlicht oder Blumenduft.«
»Du hast eine sehr anmutige Art, dich auszudrücken. Der Dienst bei diesen Menschen ist dir sehr gut bekommen...«
Cleo fügte an: »Aber auch ich muß sehr zufrieden sein. Mein Herr ist sehr gut zu mir.«
»Ihr paßt auch gut zusammen, du und dein Herr.«
Cleos Schwanz formte ein Fragezeichen.
»Schwarz zu schwarz...«, scherzte der Schimmel.
Aber Cleo ging nicht darauf ein – sie hatte ein leises Rascheln vernommen, spitzte die Ohren und bekam einen gespannten, fast lauernden Ausdruck in die gelben Augen.

»Was ist?« fragte der Schimmel leise.
»Ich höre etwas ...«, antwortete Cleo noch leiser.
»Einen Engel vielleicht ...?«
Cleo antwortete nicht, aber ihre Pfoten und Krallen begannen zu atmen. Schließlich, als die gespitzten Ohren des Schimmels in ärgerlicher Nervosität zu zucken anfingen, sagte sie lakonisch in die atemlose Stille:
»Eine Maus.«
Und dann fügte sie, flüsternd hinzu:
»Ich empfehle mich nun. Ich habe dich lange genug aufgehalten mit meiner Fragerei. Darf ich danken und mich entschuldigen für die ungebührliche Inanspruchnahme ...«
»Nichts zu danken und nichts zu entschuldigen, Frau Kitze, Frau Katze«, lautete die gedämpfte Antwort. »Man gibt, was man hat.«

Hier ist dein Gott!

Der Skythe Irrbit war am großen Strom vom Winter überrascht worden und legte Weile an den Tag, wo vielleicht Eile geboten gewesen wäre.

Daß er die Erkältung überstand, bedarf kaum der Erwähnung. Er hatte die beste Pflege, die sich denken läßt, eine so gute, daß er keinen Tag zu früh das Krankenlager verließ. Aber einer Weiterreise stellten sich doch, hätte er sie auch mit Eifer betreiben wollen, eine Reihe von Hindernissen in den Weg.

Die klimatischen Probleme waren wechselnd; diese Schwierigkeiten wären bei gutem Willen wohl überwindbar gewesen. Das Eis bedeckte nur die Ränder des breiten Stromes, und das schadhafte Hausboot war längst wiederhergestellt. Der Skythe hätte die Weiterfahrt um so eher wagen können, als das Wasser ja nach Süden zog, wärmeren Zonen zu.

Aber auch zu Lande hätte er dem Stern der Artimpaasa nachreisen können. Seine Pferdchen waren wetterfest und schnell, und das ausgebesserte Boot war jetzt gewiß nicht weniger wert als eines der beiden Pferdchen, das sein Gastgeber gern als Entgelt für seine Arbeit gehabt hätte. Nur kauft ein Fischer keine Fische und ein Schuster keine reparierten Schuhe.

Natürlich spielte auch das Seelische in diesem Fall

eine nicht zu unterschätzende Rolle. Und da die Seele im Leibe haust, kann auch dieser nicht übersehen werden. Mara hatte nicht nur seelenvolle Augen, in deren Tiefen und Untiefen Irrbitt sich nur zu gern versenkte, sondern auch eine handfeste Oberfläche. Aber – ein rechter Schamane muß oder sollte den Göttern mehr gehorchen als den Menschen, und Irrbit hatte einen göttlichen Auftrag übernommen, vor dem die Empfehlungen einer Mutter nur vorübergehend Gewicht haben können.

So gab es mancherlei zu erwägen und bedenken, und der letzte Schluß war noch längst nicht gezogen, als die Dinge überraschend in Bewegung kamen.

Ob die Liebe sich der List bediente, ob väterliche Sorge hier Vorsorge traf, ob Geständnisse abgelegt, entlockt oder erzwungen waren, soll offen bleiben. Ausschlaggebend war zuguterletzt der Umstand, daß Mara, wenn auch erst in späteren Monaten, Mutterfreuden entgegensah und daß auch unter Skythen und anderen Steppenvölkern die Väter viel davon halten, daß ihre Enkelkinder nicht ohne Vater bleiben. Daß in diesem besonderen Fall die Großmutter nicht mehr lebte, also der Großvater Vaters Statt in doppelter Hinsicht hätte übernehmen müssen, könnte zu raschen Entschlüssen beigetragen haben.

Auf jeden Fall gab es ein ernstes Männergespräch, das nicht um Pferde oder Boote ging, sondern um Frauen und Kinder; und am Ende dieser Unterhaltung wurde der Termin für die Hochzeit vereinbart.

Der amtlichen – wohlgemerkt. Und weil der Segen von Vater und Sippe, der von nun an auf diesem Bunde ruhte, die Beziehungen der beiden Liebenden nicht nur bestätigte, sondern auch aufs angenehmste und anheimelndste vereinfachte, sagte Irrbit nicht nur zu seiner Mara, sondern auch zu sich und seinem Schicksal ein aufatmendes Ja.

Mara war jung und kräftig, von Kindesbeinen an mit Hausarbeit vertraut, und des Schwiegervaters Stimme galt etwas unter den Männern der Siedlung. Und wohlhabend war er auch. Als die Hochzeit, die zwei Tage dauerte und bei der Irrbit kühne Reiterkunststückchen zeigte, sich ihrem Ende zuneigte, hatte der Skythe nur einen traurigen Gedanken: daß seine alte Mutter nicht bei diesem Fest zugegen war und nicht in Maras Augensterne blicken konnte, die in diesen Tagen und Nächten so hell strahlten und so dunkel erglühten wie sonst nichts am Himmel und auf Erden.

Das Jahr rundete sich. Der Winter schied. Der Frühling brach aus allen Schollen und Poren. Und als die Blüten sich eben in kleine Früchte zu verwandeln begannen, gebar Mara einen gesunden Sohn, den sie Irrbit nannten, weil sein Vater für sein Leben gern und nie genug das Kosewort Irrbitjewitsch hören konnte.

Sie waren eine glückliche kleine Familie, und jedermann wollte ihnen Freund sein. Seht, wie gut sie es getroffen hat, die Mara! sagten die Mädchen und

Frauen. Und die Männer sagten: Dem Irrbit hat der beste Fisch an die Angel gebissen. Und die Alten sagten von Maras Vater: Glück hat der mit seinem Schwiegersohn ...

Aber dann kam der Sommer übers Land mit donnernden Gewittern und brausenden Sandstürmen, mit funkelnden Nachthimmeln und jubilierenden Morgenstunden. Die Wasservögel schrien wie wild. Die Pferdchen tummelten sich übermütig auf der Weide. Der Strom führte viel Wasser und rauschte schneller als je, und man sah die Fische springen.

Da begann Irrbits Blut leise zu brodeln, und seine Gedanken gingen auf Wanderschaft, und um besser fliegen zu können, bedienten sie sich seines Gewissens. Kann es eine angenehmere Art von schlechtem Gewissen geben?

Wozu bist du aufgebrochen? fragte er sich im stillen. Einen Gott wolltest du suchen, ferne im Süden. Eine Göttin hatte dich ausgesandt. Einem Schwiegervater bist du ins Netz gegangen. Irrbit, Irrbitjewitsch, was ist aus dir geworden ...

Er mußte mit Mara reden. Sie war jung und stark und hatte schnelles Blut in den Adern. Da lag ein heiles Boot. Da weideten ein paar schnelle Pferdchen. Muß man jeden Tag am gleichen Tische hokken? Jeden Tag dieselben Gesichter sehen, dieselben Redensarten gebrauchen?

Er ging mit ihr eines schönes Morgens an den Strom, wo man die Boote und kleine Schiffe vorüberziehen sah, wo die Segel sich im Wind blähten und das Wasser sich kräuselte, und erzählte ihr von seiner Jugend, seinen Schamanen-Jahren, seiner alten Mutter und ihrem Abschiedswunsch, der sich nun so unerwartet schön und bald erfüllt habe und wie glücklich er mit ihr und dem kleinen Irrbitjewitsch sei, ganz glücklich und zufrieden – bis auf den einen Punkt eben: daß er ungehorsam geworden sei der Göttin Artimpaasa und seinem eigenen Vorsatz ungetreu, den Stern zu suchen, den sie geboren und ins Weltall habe fallen lassen, damit den Skythen ein neuer Gott erwachse, dem Irrbit den Weg bereiten solle.

Und er sprach von seinen Gewissensbissen, von seinem großen Auftrag, und auch ein wenig von der Furcht, die ihn manchmal beschleiche: die Göttin könnte ihm zürnen und ihn strafen und sein neues Glück zerstören, seines und das Maras ...

Mara hörte aufmerksam zu und verstand wohl, daß er Hummeln im Kopf hatte und daß es ihn in die Welt zog. Aber die Sache mit dem Stern wollte sie nicht verstehen.

Wie könnte man denn einen Stern finden, der ins Weltall geworfen sei, zumal ein Jahr nach seinem Sturz? Die Erdmutter sehe und spüre man, den Himmelsvater desgleichen, die Mondtochter, den Sonnensohn – alles faßbare, sichtbare Gottheiten. Aber die Geschichte mit dem Stern ...? Das sei ein Traum gewesen, und man wisse doch recht gut, was

die Menschen für ungereimtes Zeug zusammenträumten.

Aber Irrbit meinte, daß Träume schon ihre tiefere Bedeutung hätten, auch wenn man nicht alles so wörtlich nehmen dürfe. Die Götter sprächen ihre eigene Sprache. Vielleicht sei die Zeit nun reif, daß die Götter zu den Menschen kämen.

Als Sterne?

Vielleicht *mit* den Sternen. Oder *auf* ihnen ...

In Menschengestalt also?

Warum nicht ...

Mit Flügeln etwa? Wie die Reiher oder Störche?

Irrbit schwieg ungnädig. Nach einer Weile des Nachdenkens sagte er:

»Wenn die Mondgöttin von einem kleinen Gott gesprochen hat – warum sollte dieser kleine Gott nicht als Kind geboren werden? Was wissen wir Menschen, was den Göttern möglich ist ... Vielleicht stehen wir am Beginn eines ganz neuen Zeitalters ...?«

Ein Kind als Gott? Ein Gott als Kind? Das schienen Mara nicht weniger abwegige Gedanken. Aber irgend etwas hielt sie ab, ihren Widerspruch weiterzutreiben. Sie wollte nur noch wissen, wie er unter Tausenden, ja Hunderttausenden diesen kindlichen Gott herausfinden wolle.

Nun, sie würden reisen, mit allem, was sie an beweglicher Habe hätten, mit Kind und Kegel sozusagen. Bis ans Meer trage sie das Boot. Dann wären die Pferdchen da. Man könnte einen Wagen eintauschen.

Da unten im Süden fließe Milch und Honig, und die Sonne scheine das ganze Jahr.
Und wie das Kind finden, das gesuchte? Unter Tausenden, Hunderttausenden? Und woran er es erkennen wolle? Und sie immer mit dem kleinen Irrbitjewitsch hinter dem großen Irrbit her, der ein göttliches Kind suche? Ach, er sei doch selber ein Kind, wenn er solchen Hirngespinsten nachhänge.
Der Mensch müsse etwas wagen, meinte er trotzig, und Gottvertrauen haben. Die Mondgöttin, die alles angestiftet habe, werde ihnen schon den rechten Weg weisen!
»Dann reise mit deiner Mondgöttin!« sagte sie und ließ ihn sitzen, wo er gerade saß.
Drei Tage lang sprach sie kein Wort mit ihm, und sie blickte ihn auch nicht an. Und weil der Himmel mit Wolken bedeckt war und reichlich Regen floß, schien ihm die Welt gar so dunkel, ungastlich und liebeleer, daß er beim Nachtmahl fragte, ob der Schwiegervater vielleicht Möglichkeiten sehe, das Boot gegen einen geräumigen Wagen zu tauschen; er verspüre den Wunsch, seine Mutter zu besuchen und ihr Mara und Irrbitjewitsch zu zeigen, damit sie erfahre, daß ihr Herzenswunsch in Erfüllung gegangen sei.
In der darauffolgenden Nacht leuchteten zwei Sterne besonders hell über Irrbitjewitsch und machten die Welt wieder freundlich und gastlich und liebereich. Und ein rechter Schamane will ja, daß Frieden, Liebe

und Gastlichkeit auf der Welt herrschen. Darum auch sagte er vor dem Einschlafen noch wie im Selbstgespräch zu sich, aber so, daß es nicht zu überhören war:

»Recht hat sie, recht hat sie. Wie soll man auch unter Tausenden ein bestimmtes Kind finden ...«

Mara aber, die zweifelnde, wußte am anderen Morgen Erstaunliches zu berichten: Artimpaasa sei ihr im Traum erschienen und habe ihr verraten, wo das gesuchte göttliche Kind zu finden sei.

Und sie nahm Irrbit bei der Hand und führte ihn ans Wiegenbett von Irrbitjewitsch und sagte nicht ohne Nachdruck:

»Hier ist dein Gott!«

Und weil dieses Wort mit dem ersten Lächeln des Kindes zusammentraf, war die Welt für Irrbit wieder in Ordnung.

Schlimme Gerüchte

Die Frage, wie man unter vielen Tausenden ein bestimmtes Kind herausfinden könne, stellte sich noch einem anderen Gottsucher, freilich einem von besonderer Art.

Er hörte auf den Namen Herodes. Und wenn sich sein Geist in den letzten Jahren seiner Regierungszeit auch zunehmend trübte oder von Schwermutsanfällen überschattet wurde – in einer Hinsicht blieb er bis an die letzten Stunden klar und scharfsinnig: wenn es um mögliche Rivalen oder Nachfolger ging.

Die sonderbaren Heiligen, die er sich da hatte vorführen lassen – dieser offenbar recht gescheite und gebildete Jude aus Alexandria, dieser dekorative, aber wahrscheinlich harmlose Marabu aus Indien und dieser offenbar so gut wie sprachlose Äthiopier –, suchten einen, der in ihren Hirnen Königswürden trug. Oder tragen sollte. Oder tragen wollte!

Das klang fantastisch, märchenhaft, eigentlich lächerlich. Aber die Juden erduldeten natürlich nur zähneknirschend die römische Fremdherrschaft und erhofften sich vom Schicksal insgeheim einen Befreier, einen Erlöser, einen – wie sie es nannten – Messias. Es fehlte ihnen in dieser Hinsicht nicht an Prophezeiungen und Anspielungen – sie waren die Prügel-

knaben der Geschichte und darum wohl besonders anfällig für jede Art Aberglauben. Und wenn die alten Griechen ihre Pythia befragten, die Römer sich ihre Sibyllen hielten – warum sollten dann ausgerechnet die Juden ohne Okkultismus auskommen? Es ist ja nicht von Belang, was man von solchen Dingen hält. Wichtig allein ist, daß diejenigen, die daran glauben, bereit sind, Berge zu versetzen. Und wenn sie das am Ende auch nicht zustande bringen, so fangen sie auf jeden Fall doch an zu graben und untergraben einiges, das einstürzen könnte.
Es war also durchaus kein sinnloses Unternehmen, diese jüdischen Buchstabenklauber, Gesetzeshysteriker, Glaubensfanatiker in die Klausur zu schicken und ihnen aufzutragen, ihre heiligen Schriften und Bücher nach Hinweisen, Andeutungen oder gar direkten Auskünften zu befragen. Innerhalb von drei Tagen würden sie spätestens herausgefunden haben, was an diesen Fantastereien Greifbares sei.
Aber noch ehe man dies herausgefunden hatte, konnte man die Spur aufnehmen lassen, von der man bereits erfahren hatte. Der Alexandriner hatte einen Namen genannt. Es konnte nicht schaden, wenn man sich alle diejenigen einmal vorführen ließ, die auf den Namen Immanuel hörten …

Es war Habakuk, der davon zuerst erfuhr: Die Bäckersfrau, bei der er sich zwei Tage zuvor schon einen Laib frischen Brotes, das er so gern aß, gekauft hatte

und deren traurige und besorgte Miene ihn zu teilnehmender Frage bewog, erzählte ihm von einem Trupp Soldaten, der das Städtchen nach jenen Halbwüchsigen durchstreift hätte, die Immanuel hießen.
»Sie haben gesagt, der König erwäge eine Schenkung an alle Träger dieses Namens und die Aufstellung einer Tempelgarde aus ihnen. Sie kämen auf allerhöchsten Befehl und müßten die Buben mit nach Jerusalem nehmen. Sieben Stück haben sie aufgetrieben, und der meine ist der jüngste; erst zwölf Jahre alt. Was werden sie anstellen mit dem Kinde... Dieser schreckliche Idumäer! Man weiß doch, daß er vor nichts zurückschreckt. Und mein Mann ist außer Hauses. Der wird schön schelten, wenn er heim kommt. Aber was sollte ich machen? Morgen muß er nach Jerusalem und sehen, was sich dort tut!«
Ach, Habakuk hatte sie nur mit halbem Herzen trösten können. Er ahnte Schlimmes. Schnurstracks eilte er zu den Gefährten und berichtete die Neuigkeit. Und was alle Beredsamkeit Habakuks, aller Liebreiz der jungen Mutter, alle Freundlichkeit des Mannes, aller Zauber des ärmlichen, aber idyllischen Ortes, alles Licht über ihnen und alle Sehnsucht in ihnen nicht bewirkt hatte, das bewirkte nun die Gefahr, die er mit glühenden Zungen für das Kind heraufbeschwor.
»Ein König in einem Stall...«, hatte Ganguly gestern noch kopfschüttelnd gesagt, als sie nach der Rückkehr im Zelt beisammen saßen.

»Was ist wichtiger«, hatte Habakuk scharf zurückgefragt, »der Stall oder das Kind?!«
Und Muhamed hatte zur Freude Habakuks hinzugefügt:
»Das Große ist selbst im Mutterleib groß.«
Aber nun waren sie nicht auf eine noch fragwürdige Größe angesprochen, auf die Verteidigung eines Herrschenden – jetzt verlangte die Schwäche nach Schutz, rief das Recht nach den Gerechten.
»Es geht um das Kind«, sagte Habakuk ernst. »Heute kann alles noch Laune eines Spielers, eines Narren sein. Morgen oder übermorgen, wenn ihm die Schriftgelehrten aus den Weissagungen unserer Propheten vorlesen werden und seine Angst aufsteht, kann blutiger Ernst daraus werden.«
»Was hat ein bald Siebzigjähriger von einem Neugeborenen zu fürchten...«, wandte Ganguly ein und schloß:
»Das müßte schon eine Bestie sein...«
»Er ist eine!«
»Und wir«, sagte Muhamed, »wir sollten doch seine Kundschafter sein. Wir reisen mit seinem Schutzbrief. Wenn er uns aufspürt und feststellt, daß wir gefunden haben, was wir suchten – –?«
»– so sind wir des Todes!«
»Und wie schützen wir unser Kind?« Ganguly blickte von einem zum andern.
»Wir müssen es verbergen...« Aber Muhamed wußte nicht, wie das geschehen könnte.

»Nein, nein.« Habakuk schüttelte verweisend den Kopf. »Wie sollte das denn durchzuführen sein – bei so vielen Soldaten, Spitzeln und Kopfjägern? Wir müssen das Kind in Sicherheit bringen. In ein anderes Land!«

»Nach Ägypten? Oder in mein Land?!« Muhamed zitterte vor Tatendrang.

»Ja, sie müssen fliehen«, stimmte Habakuk zu. »Wir alle müssen fliehen. Und besser heute als morgen.«

Sie schickten nach dem Vater des Kindes. Er kam, und sie sprachen mit ihm: daß Gefahr im Verzug sei für das Kind und sie alle.

»Seltsam«, sagte der Mann und schüttelte rätselnd den Kopf, »ich hatte in der letzten Nacht einen Traum, an den ich mich immer wieder erinnere. Ein Bote – ich mußte an den Engel denken, der den Tobias zur Reise auftrieb – erschien mir und mahnte mich, aufzubrechen mit den Meinen, aber nicht heimzukehren nach Nazareth. Nimm das Kind und seine Mutter und flieh – nach Ägypten! sagte er. Ihr seid in Gefahr. Aber – ich habe ein gutes Gewissen, und daheim wartet meine Werkstatt auf mich. Und nun ratet auch Ihr mir zur Flucht...?« Er fiel ins Grübeln. »Was fange ich an in einem fremden Land? Und die weite Reise...«

»Mut, mein Freund! Mut!« sagte Habakuk. Wir reisen alle zusammen. Du und dein Weib, ihr gehört zu unserem Troß. Und in Alexandria wird keine Not sein für einen tüchtigen Mann wie dich!«

»Aber wie verbergen wir das Kind? Man wird uns vielleicht aufhalten und ausfragen. Und das Kind wird weinen ...«

»Ja. Das muß bedacht sein.« Habakuk wandte sich an die Gefährten. »Was tun wir, daß uns des Kindes Schreien nicht verrät?!«

Ganguly lächelte. Das sei nicht schwer. Wenn er alte Könige zum Leben erwecken könne, dann könne er auch Säuglinge schlafen machen. Er habe Essenzen und Arzneien genug bei sich. Man solle ihn nur sorgen lassen.

Und wie man das Schlafende verberge?

Da werde sich Rat finden lassen.

»Wann brechen wir auf?« wollte der Mann wissen. Und ob er dann, wenn er wie bisher zu Fuß gehe, nicht die Reise sehr verzögere?

Aber auch dafür gab es eine Lösung. Ganguly stiftete die Goldstücke, mit denen ihm Herodes das Fläschchen hatte aufwiegen lassen, für den Ankauf eines Reitesels. Und da einer im Stall stand, ließ Habakuk den Besitzer rufen, und man wurde handelseinig mit ihm. Der Mann bekam von Habakuk noch eine Schachtel mit Weihrauchkörnern dazu, und Muhamed gab ihm für seine Frau noch ein Fläschchen duftenden Myrrhenöls.

Und so war auch dieser Mangel behoben.

Man beschloß, alles so weit vorzubereiten, daß man kurz nach Morgengrauen aufbrechen konnte, und einen Weg zu wählen, der die Städte vermied. Für

Fälle von Gefahr aber dachte sich Muhamed aus, daß er den schlafenden Säugling in seine große Leibbinde betten und einen kleinen Bauch vortäuschen werde, der ihn bei seiner Statur wohl kleiden werde. Sonst stünde für das Kindchen Cleos Reisekorb zur Verfügung.
»Ich decke das Kind mit meinem Leibe«, schloß er.

Das war etwa um die gleiche Stunde, da Herodes die Schriftgelehrten entließ und alle Hauptleute eilends in seinen Palast entbot, der von den drei berühmten Türmen gekrönt war, welche die Namen trugen: Hippikos, Phasael und Mariamne. Diesen Hauptleuten aber trug er auf, sie sollten mit ihren Unterführern und Soldaten alle Säuglinge im ganzen Land ausfindig machen und nach Jerusalem bringen. Sie sollten aber leise tun und sanft reden mit den Müttern: daß es eine Schutzmaßnahme sei, weil unter den Jüngsten eine Seuche ausgebrochen wäre in Jerusalem, die durch die Volkszählung ins ganze Land getragen werden könnte. Man würde ihre Kinder von den tüchtigsten Ärzten untersuchen und, notfalls, heilen lassen.
Er hatte aber nur eine Medizin vorgesehen und in die Hände weniger Mitwissender gelegt: den Tod.

Flucht und Errettung

Die Flucht war beschlossen, und da sie beizeiten angetreten wurde und alle Beteiligten Klugheit und Vorsicht walten ließen, gelang es, das bedrohte Kind zu retten vor dem Zugriff des eifersüchtigen Tyrannen, eines zum Tode verurteilten Blutsäufers, der seine vergehende Existenz mit dem Opfer zahllosen eben erblühten Lebens zu erhalten trachtete und auf den das Wort des Jeremias gemünzt sein könnte:
Der Tod ist zu unseren Fenstern eingefallen und in unsere Paläste gedrungen, die Kinder zu würgen auf der Gasse und die Jünglinge auf der Straße.
Seine Taten und Untaten sind im Buch der Geschichte verzeichnet. Nicht verzeichnet ist ein nach der Heimkehr aus der Emigration Josefs, des Zimmermanns und Holzschnitzers, niedergeschriebener Versuch, diese Flucht darzustellen, die ohne die Hilfe der drei Magier und Weisen schwerlich gelungen wäre.
Sie fanden den Weg zur Geburt. Sie ermöglichten die Flucht aus Todesgefahr und damit die spätere Heimkehr ins Vaterland: dreimal Verlangen, Weisheit und Liebe – dreifache Geburt.
Geburt des ewig ersehnten Friedefürsten, der nach Micha unter den großen Völkern Gericht halten wird, damit sie ihre Schwerter endlich zu Pflugscha-

ren und ihre Speere zu Sicheln machen und kein Volk mehr wider das andere ein Schwert aufhebt und nicht mehr Krieg führen lernt.

Der Bericht des Zimmermanns

Fast habe ich ihre Namen vergessen ... Der eine
war hager und älter – mit silbernem Haar.
Ich glaube, ein Inder. Er war von jenen
Dreien am längsten gereist. Dann war noch
der Schwarze, ein Fürst oder Häuptling
vom oberen Nil, ein Atlas, Herakles
mit einer Seele wie Zunder. Der Dritte
hieß Habakuk, war vom Schicksal verschlagen
ins Land unsrer Flucht, nach Alexandria.
Fromm und gelehrt, Jude wie wir, doch
wie ein Messer geschliffen und federnd
wie eine Bogensehne.

Wir beide waren bescheiden beritten,
Esel bei Esel, indessen die andern,
zumal die Diener, hoch zu Kamelen und
Dromedaren reisten. Ausgenommen meine
Maria auf ihrem Schimmel und ihr zur
Seite, ein schützender Schatten, der Mohr
auf dem Araberhengst. Sie war so jung
und schwach noch von der Geburt und
bangte ums Kind, um sein Leben.

Wir brachen auf, als sich der Himmel
zu röten begann. Bethlehem schlief noch.
Die Vögel regten sich eben im Laub. Ach,
schwer war mein Herz ... Wer geht schon
gern außer Landes? Heimstatt und Werkstatt
ließ ich zurück, Sprache und Nachbarn.
Hätte ich nicht die neuen Freunde gewußt,
die mit Zuspruch und Tat unsere Nöte
zwingen halfen, ich weiß nicht – –

Wir waren drei Tage auf Nebenstraßen
südwärts geritten. Beschwerlicher Weg.
Die Mühe lohnte: keiner behelligte uns.
Wir litten zwar manchmal Mangel an Frucht
oder Wasser – aber der jungen Mutter
fehlt' es an nichts. Ihr gab man den letzten
Bissen und Schluck, damit sie ihr Kindchen
stillen konnte, das immer nur schlief.
Schlief oder trank. Der findige Inder
hatte aus Kräutern ein Säftlein bei sich.
Mit dem ward ein Stückchen Tuches getränkt;
an ihm sog das Kind und schlief dann –
fast wie ein Totes.

Es nahte die Grenze und mit ihr Gefahr.
Es war der Schwarze, der sie mit Listen umging.
Er und der Inder, sie zogen mit Troß und Gepäck
voraus. Nur Männer! Einschließlich dessen,
den er tief schlafend an seinem Herzen,

hinübertrug, während wir jüdischen Bürger
– der Alexandriner, Maria und ich – betend
und bangend verharrten, bis uns die Stunde
günstig erschien und das Kindchen gerettet,
das eins war und alles für uns und die
Dreie. (So schien es.)

Man fragte uns aus. Ich war Habakuks Diener.
Das Mädchen, die – Frau? Die ist eine Magd
des Herrn da. Und der zeigte sich – herrisch!
In allen Sprachen war er zuhaus und wies
Zöllner und Legionäre streng in die Schranken.
Wunder der Sprache, beredsamer Zunge!
Wie glotzende Kälber hielten sie alle
Maulaffen feil,
verschlangen Maria mit gierigen Blicken,
vergaßen sogar, nach dem Kinde zu fragen,
(um dessentwillen sie Häscher zu spielen
hatten) und – ließen uns ziehn.

Zwei Stunden später, an einer Biegung
standen da Zelte, sahn wir uns wieder!
Es war, bei Gott! eine zweite Geburt.
Es stand der Mohr – Muhamed hieß er! –
am Wege und hatte das Kindchen im
Arm. Er sah uns und hob den schreienden
Heiland hoch in die Luft, als hielt' er
das Licht der Welt, der Hungernden Brot,
den Rettungsanker, und gab ihn der

lächelnden Mutter lächelnd zurück. Und
auch dem Vater. –

Alles andere schien fast alltäglich. Die
Fremde, das Eingewöhnen, die Arbeit ...
Habakuk war uns ein unermüdlicher Helfer.
Er blieb uns am längsten. Es waren dennoch
kärgliche Jahre. Und Heimweh ist Heimweh.
Dann aber ward uns der Tod des Tyrannen
Herodes gemeldet. Und dies war wie eine
dritte Geburt.

Doch eins war mir stets und bleibt wie
ein Wunder:
daß diese Weisen, wie ferne Gestirne, uns
nahe kamen, ganz nah, und entschwanden
im All und in Nichts. Ich denke oft noch
an diese Dreie zurück, wie man denkt an
Kindheitstage, an zärtlichste Augenblicke,
an trotzigen Mut und an kühne Hoffnung
auf endlichen Frieden.

Ich kanns nicht vergessen ...

Stefan Andres

Sonderausgaben

Novellen und Erzählungen

Band I: Bd. 90 der »Bücher der Neunzehn«
121. Tsd. (Ges.-Aufl.) 437 Seiten. Leinen

Aus dem Inhalt: Wir sind Utopia · Das Grab des Neides · Die unglaubwürdige Reise des Knaben Titus · Die Vermummten · El Greco malt den Großinquisitor

Das goldene Gitter

Novellen und Erzählungen II
66. Tsd. (Ges.-Aufl.) 351 Seiten. Leinen

Aus dem Inhalt: Der Mörderbock · Das goldene Gitter · Gäste im Paradies · Der olympische Frieden · Die beiden Pharaonen · Amelia

Die italienischen Romane

72. Tsd. (Ges.-Aufl.) 635 Seiten. Leinen

Die Liebesschaukel · Ritter der Gerechtigkeit · Die Reise nach Portiuncula

Der Knabe im Brunnen

Roman. 62. Tsd. (Ges.-Aufl.) 326 Seiten. Leinen

»Diese Kindheitsdarstellung ist von einer Erlebnisnähe und Frische, wie wir sie nur selten in der Geschichte der deutschen Dichtung finden.« *Stuttgarter Zeitung*
